# Abby Green

# Venganza exquisita

HARLEQUIN™

Editado por HARLEQUIN IBÉRICA, S.A.
Núñez de Balboa, 56
28001 Madrid


VENGANZA EXQUISITA, N.º 2225 - 24.4.13
Título original: Exquisite Revenge
Publicada originalmente por Mills & Boon®, Ltd., Londres.



I.S.B.N.: 978-84-687-2725-7
Depósito legal: M-2870-2013
Editor responsable: Luis Pugni
Fotomecánica: M.T. Color & Diseño, S.L. Las Rozas (Madrid)
Impresión en Black print CPI (Barcelona)
Fecha impresion para Argentina: 21.10.13
Distribuidor exclusivo para España: LOGISTA
Distribuidor para México: CODIPLYRSA
Distribuidores para Argentina: interior, BERTRAN, S.A.C. Vélez Sársfield, 1950. Cap. Fed./ Buenos Aires y Gran Buenos Aires, VACCARO SÁNCHEZ y Cía, S.A.

# Capítulo 1

QUIÉN es? –preguntó Luc Sanchis en tono fingidamente aburrido, contradiciendo el repentino e irracional interés que sentía por aquella mujer que no era en absoluto su tipo.

–¿La chica rubia de pelo corto?

Luc asintió, molesto por haber hecho la pregunta y por haberse fijado en ella. Su abogado lo conocía demasiado bien y sabía que nunca preguntaba nada que no le pareciese importante.

–Es Jesse Moriarty. De JM Holdings.

Luc frunció el ceño y se fijó en la figura delgada y de baja estatura de la mujer. Estaba girada hacia él y sobresalía de todas las demás porque iba vestida con un traje de pantalón gris oscuro. Vestía de manera diferente y parecía cohibida.

A pesar de la distancia vio la expresión de pena de su rostro y que tenía los nudillos blancos de agarrar con tanta fuerza la copa de champán de la que no estaba bebiendo. Tenía la mirada fija en algo.

Su abogado debía de suponer que no conocía JM Holdings, porque le estaba explicando:

–Se rumorea que cuando decida sacarla a Bolsa su valor superará los cincuenta millones de dólares.

No está mal para alguien que lleva solo un par de años en el saturado mercado de las tecnologías de la información.

–¿Qué experiencia tiene? –preguntó Luc.

–Estuvo becada en Cambridge y mientras estudiaba Informática y Económicas patentó el sistema antipiratería que más se está utilizando en estos momentos a alto nivel en empresas de todo el mundo, también en la nuestra. Hay quien dice que es un genio.

Luc entrecerró los ojos, que seguía teniendo clavados en ella. No parecía un genio. Parecía perdida, frágil. Sola entre la multitud. Sintió ganas de protegerla, de acercarse a ella y agarrarla de la mano.

Su abogado seguía hablándole en voz baja.

–Sus empleados la llaman La Máquina. Desde el punto de vista personal, dicen que es gélida, por no hablar de sus relaciones amorosas... al parecer, es gay...

El abogado dejó de hablar cuando alguien lo saludó, se disculpó con Luc con la mirada y se alejó de él. Luc lo agradeció. No le interesaba lo que le estaba contando y tampoco era de los que se sentían incómodos estando solo. Se dio cuenta de que el interés femenino aumentaba con su soledad, pero él seguía sin poder apartar la mirada de Jesse Moriarty.

Había oído hablar de JM Holdings. Por supuesto. El sistema de seguridad que aquella mujer había diseñado era una maravilla y él jamás habría imaginado que tendría detrás a una persona tan tímida y joven.

En ese momento, la mujer se giró y se quedó justo de frente a él. Luc se puso tenso. Iba vestida de manera masculina, pero era guapa y tenía unos ojos enormes. Estaba pálida, parecía casi asustada. Luc la vio dejar la copa de champán en la bandeja de un camarero que acababa de pasar por delante de ella y dirigirse hacia donde estaba él entre la multitud.

Debajo de la chaqueta llevaba una camisa blanca. El conjunto era muy clásico y, no obstante, muy femenino, en especial comparado con el de las demás mujeres, que habían sacado sus mejores galas para la ocasión. Era como si estuviese en el lugar equivocado, pero su expresión de concentración le indicó que estaba en el lugar adecuado.

La tenía tan cerca que Luc se dio cuenta de lo tensa que estaba. La frente le brillaba ligeramente de sudor. No iba maquillada, pero tampoco lo necesitaba porque tenía una piel perfecta, y eso lo excitó. No recordaba la última vez que había visto a una mujer sin maquillaje y la sensación fue curiosamente íntima.

Luc no se movió lo más mínimo, pero Jesse Moriarty estaba llegando a su lado cuando alguien retrocedió y chocó con ella. Sin darse cuenta de lo que hacía, Luc alargó las manos y la agarró por los esbeltos brazos.

Ella lo miró con los ojos muy abiertos. Los tenía de un gris tan oscuro que parecían casi azul marino y, por un segundo, Luc se olvidó de todo. De quién era. De dónde estaba. Solo pudo ver aquellos enormes ojos y a la mujer a la que sujetaba. La vio sonrojarse y se dio cuenta de que los ojos se le oscurecían todavía más. Había en ella algo que lo atraía tanto que se coló por debajo de la armadura que llevaba puesta desde hacía años... Cuando se dio cuenta, retrocedió, pero llevándosela con él.

Su reacción fue profunda y primitiva. No estaba acostumbrado a que una mujer lo cautivase sin que él se lo hubiese permitido antes.

–Debería mirar por dónde anda –le dijo en tono brusco.

Entonces vio dolor y desilusión en aquellos enormes ojos un segundo antes de que la expresión de la mujer se tornase completamente fría. Luc recordó lo que le había dicho su abogado: que era gélida.

Ella retrocedió. Lo miró de arriba abajo una vez y luego dijo con voz ronca:

–Ha sido un accidente.

Aquella mirada habría podido congelar el Sahara. Y entonces desapareció entre la multitud y Luc sintió un impulso todavía más curioso: seguirla y... ¿qué? ¿Disculparse? ¿Acaso se estaba volviendo blando con la edad? Sabía muy bien que las mujeres que había en su mundo, ya fuesen colegas de trabajo o mercenarias que intentaban cazar a un hombre rico, no eran criaturas vulnerables que iban por ahí con el corazón en la mano. Sabía que ese tipo de mujer existía, pero casi siempre era una ilusión creada para atrapar. Y a él ya lo habían atrapado una vez, no le volvería a ocurrir.

Recordó el modo en que Jesse Moriarty lo había dejado helado con su mirada y supo que era de las mujeres menos vulnerables que había conocido. Entonces, ¿por qué no podía olvidarse de sus enormes ojos y de su delgada figura?

*Un año después*

–¿Qué es exactamente lo que le interesa de JP O'Brien Construction, señor Sanchis?

Luc se sentó en su sillón y miró a la mujer que tenía delante, parecía nerviosa y había entrado en su despacho como si le perteneciese, en esos momentos tenía las manos apoyadas en su escritorio y la barbilla levantada con aire beligerante.

Había pasado un año desde la primera vez que la había visto y en ese año no había podido olvidar aquellos ojos grises oscuros que en esos momentos lo estaban mirando. Aunque Luc se dio cuenta de que su imaginación no le hacía justicia a la realidad.

Le molestó experimentar aquella debilidad humana. Era la segunda vez que veía a Jesse Moriarty y ya le caía mal. Se puso en pie y apoyó las manos también en el escritorio, haciendo valer su superioridad en cuestión de talla y fuerza.

–Señorita Moriarty, le sugiero que se siente si quiere que sigamos hablando.

Al otro lado del escritorio de roble, Jesse clavó la vista en unos ojos marrones tan oscuros que parecían negros y, tal y como le había ocurrido un año antes, se sintió como si estuviese perdiendo el equilibrio.

El torbellino emocional que la había impulsado a ir allí y enfrentarse a él empezó a desvanecerse, dejándola temblorosa y consciente de lo que la rodeaba. Se puso recta y luego se dejó caer sobre la silla que tenía justo detrás.

Vio cómo Luc Sanchis levantaba las manos del escritorio y se sentaba también sin apartar la mirada de ella. De repente, Jesse sintió mucho calor. Se había dado cuenta de quién era él al verlo en un periódico un par de meses antes y por fin había podido ponerle nombre al enigmático extraño al que había conocido en aquella recepción. Le había desconcertado mucho que sus facciones le hubiesen parecido tan impresionantes.

Luc Sanchis.

Era medio francés, medio español. Director General de Sanchis Construction & Design, una de las empresas de construcción y arquitectura con más éxito del mundo. Luc era conocido por sus diseños innovadores y, al mismo tiempo, respetuosos con el medio ambiente.

Recordó lo desprotegida que se había sentido cuando la había mirado a los ojos, casi como si pudiese ver en su interior. Por un momento había sido incapaz de mostrar la frialdad de la que se había rodeado desde hacía años y había notado cómo le quemaban sus manos en los brazos durante varios días después del encuentro. Y, lo que la inquietaba todavía más, no había podido olvidar lo mucho que le había dolido que él la apartase de aquella manera, casi como si no quisiera ni verla.

En esos momentos estaba al teléfono, pidiéndole a su secretaria que les llevase unos refrescos. Jesse deseó decirle que no se molestase, pero no se atrevió a hablar. Todavía no se sentía dueña de sus emociones y no quería que se le notase.

Él colgó y siguió mirándola con aquellos ojos oscuros, desconcertantes. Indescifrables.

–Bueno, señorita Moriarty, ¿por qué no empezamos de cero?

A Jesse no le gustó su tono de voz, pero se contuvo y respondió:

–Discúlpeme, no era mi intención parecer grosera.

Él arqueó una ceja y Jesse oyó llegar a su secretaria. Agradeció el respiro, aunque fuese solo momentáneo y observó cómo Luc Sanchis aceptaba un café con una sonrisa. El corazón le dio un vuelco. Su rostro aceitunado era más duro que bello, y eso la estremeció.

La secretaria se marchó y Jesse dio un sorbo a su café mientras intentaba que no le temblase la mano. Dejó la taza, miró a Luc Sanchis y se armó de valor.

–Me gustaría saber cuáles son sus intereses en JP O'Brien Construction.

Él dejó también la taza y apoyó la espalda en el respaldo del sillón de piel. Tenía los hombros muy anchos y la camisa blanca y la corbata de seda creaban una ilusión de civismo. Aquel hombre desprendía masculinidad por los cuatro costados. Y eso la ponía nerviosa.

–Con el debido respeto –le contestó él–. No creo que sea asunto suyo. Creo que debería ser yo quien le preguntase por qué le importa cuáles son mis intereses en O'Brien Construction.

Ella se levantó de la silla porque necesitaba poner más espacio entre ambos y alejarse de aquella mirada. Aquello no era normal. Tenía fama de ser fría y de carecer de emociones, pero llevaba una semana en la que solo había sentido emociones, y una muy turbulenta en particular que era la que la había llevado a ver a aquel hombre.

Nerviosa, fue hacia el ventanal, que tenía unas impresionantes vistas de la ciudad de Londres. Notó la vista de Luc Sanchis clavada en su espalda.

Oyó movimiento detrás de ella y luego una voz que parecía impaciente.

–Tal vez usted disponga del tiempo necesario para plantear preguntas que no le competen, pero yo, no.

Jesse se giró y vio como Luc Sanchis le daba la vuelta a su escritorio y alargaba un brazo para indicarle que se marchase. Y en ese momento, muy a su pesar, Jesse solo pudo fijarse en cómo se le ceñía la camisa al pecho.

Le sorprendió sentirse tan atraída por un hombre que, al parecer, era conocido por sus proezas sexuales.

Se obligó a respirar hondo y a clavar la vista en sus ojos. No tenía intención de moverse. Luc Sanchis era lo único que se interponía en sus planes de conseguir que castigasen a JP O'Brien por sus delitos. Había trabajado demasiado para llegar allí.

–Estoy dispuesta a igualar cualquier cantidad que pretenda invertir en O'Brien para salvarlo.

Luc Sanchis bajó el brazo, frunció el ceño y Jesse se obligó a mantenerse impasible. Después de saber quién era y lo poderoso que era, imaginaba que si había tomado la decisión de salvar O'Brien sería imposible hacerle cambiar de opinión.

–¿Para qué le interesa a JM Holdings una empresa de construcción? –preguntó él en tono engañosamente neutro–. ¿No ha sido su última adquisición un consorcio de juegos?

Jesse se ruborizó y tuvo que hacer un esfuerzo para no apartar la mirada de él. Lo último que quería era que aquel hombre la interrogase acerca de sus motivos.

–Eso no es asunto suyo –le respondió–. ¿Va a permitir que iguale su oferta o no?

–Pero usted sí que quiere averiguar cuáles son mis intereses, ¿no?

Jesse volvió a sonrojarse. Luc Sanchis se cruzó de brazos y a ella se le puso la piel de gallina al verlo apoyarse en el escritorio. La tela de sus pantalones oscuros se le apretó al muslo de tal manera que Jesse tuvo que cerrar los puños.

Luc estudió a la mujer que tenía en su despacho. Casi estaba temblando de la tensión. Odió admitirlo, porque había pocas cosas que despertasen su interés últimamente, pero se sentía intrigado con ella.

Físicamente no era en absoluto su tipo, prefería bellezas voluptuosas, seguras de sí mismas y con experiencia. Jesse Moriarty era menuda y de constitución atlética, delgada. Y no parecía nada segura de sí misma desde el punto de vista sexual. Iba vestida con unos pantalones grises y una camisa blanca abrochada hasta arriba, y encima llevaba un jersey. Su corte de pelo era casi militar.

Se dijo a sí mismo que era el recuerdo de su última amante lo que le estaba calentando la sangre, no aquella mujer que parecía tener más ganas de saltar por la ventana que de enfrentarse a él. No estaba acostumbrado a que las mujeres reaccionasen así en su presencia. Se preguntó si su abogado habría estado en lo cierto al sugerir que era gay.

Jesse deseó que Luc Sanchis dejase de mirarla como si fuese un bicho raro. Lo vio separar los labios para volver a hablar y no pudo evitar clavar la vista en ellos.

–Señorita Moriarty, si no me da una explicación de por qué no quiere que invierta en O'Brien, me temo que esta reunión ha terminado. No negocio con acertijos.

Jesse se cruzó de brazos mientras la voz de Luc la atravesaba.

–Está casi en la quiebra... –balbució, sintiéndose amenazada–. Estoy segura de que no tiene nada que ofrecerle.

Luc Sanchis apretó los labios.

–No quiero repetirme, pero me temo que es usted la que debe contarme por qué está tan interesada en él.

Viendo que Jesse se quedaba en silencio, él añadió un tanto a regañadientes:

–O'Brien todavía tiene participaciones en la construcción en Europa del Este y yo estoy interesado en adquirirlas antes de que sea demasiado tarde. Si eso significa salvar a O'Brien al mismo tiempo, que así sea. Tendrá que admitir que mi interés es más legítimo que el suyo.

A Jesse le dolía la cabeza. Aquello tenía todo el sentido del mundo. Había pensado que Luc Sanchis podía estar aliado con O'Brien, pero se había informado y había llegado a la conclusión de que su reputación era impecable. No había tenido ningún contacto anterior con O'Brien, se había erigido de repente en su salvador.

Luc Sanchis cambió de postura sin dejar de mirarla y ella se estremeció.

–¿Por qué no se ha dirigido directamente a O'Brien con una oferta mejor que la mía? –le preguntó él.

Jesse palideció. No quería recordar su primera reunión cara a cara con O'Brien la semana anterior. Era normal que Luc Sanchis le hiciese aquella pregunta tan lógica, pero no podía dejar de preguntarse qué haría si le contaba toda la verdad, la fea y escabrosa verdad acerca de su relación con O'Brien.

Evitó mirarlo a los ojos.

–Tengo mis motivos.

Era una manera patética de no responder, pero Jesse no podía explicarle que no podía volver a encontrarse con O'Brien. Había quemado todas sus naves en esa reunión, pero solo lo había hecho porque había pensado que podía hacerlo, que nadie más le echaría un cable antes de que fuese demasiado tarde.

El motivo por el que no podía tranquilizarse y responder a Luc Sanchis de manera lógica era que aquello no tenía nada que ver con los negocios. Era una cuestión de dolor. Dolor y sufrimiento. Y, sobre todo, de venganza. ¿Cómo iba a hacer entender a otra persona las oscuras emociones que llevaba dentro desde hacía tanto tiempo?

Luc Sanchis se incorporó. Jesse no pudo evitar mirarlo. Parecía enfadado.

–Sean cuales sean sus misteriosos motivos, la cuestión es quién de los dos desea más invertir en él.

Jesse se dio cuenta de que, a pesar de haber creado una empresa multimillonaria, no podría competir con aquel hombre.

Tenía que hacerle creer que O'Brien no le importaba tanto. A pesar de serlo todo para ella.

–Mire –le dijo con estudiada despreocupación–. Estoy dispuesta a doblar la cantidad que le ha ofrecido a O'Brien a cambio de que abandone sus planes de inversión.

Luc miró fijamente a Jesse Moriarty. Era evidente que estaba desesperada por O'Brien. El problema era que él también quería la empresa. Había trabajado demasiado para dejar pasar una oportunidad así. Sobre todo, para dejársela a una mujer que estaba empezando a ponerlo nervioso con esos enormes ojos y con el rubor de sus mejillas.

Las mujeres como Jesse Moriarty no conseguían tener éxito en los negocios siendo amables. Eran despiadadas y testarudas y no dudaban en pisar a quien fuese necesario para avanzar. Él había aprendido la lección de manos de una mujer dispuesta a tener éxito a cualquier precio y no tenía la intención de permitir que Jesse Moriarty lo desviase del plan que había establecido casi quince años atrás.

Se acercó a ella con paso decidido.

Jesse abrió mucho los ojos al ver moverse a Luc Sanchis y tuvo que hacer un esfuerzo para no retroceder. Volvió a apretar los puños. Se sentía amenazada por el tamaño y la presencia de aquel hombre. Parecía más un atleta que un titán de la industria y Jesse deseó por enésima vez ser más alta y corpulenta.

Luc alargó una mano y dijo en tono extremadamente educado:

–Puede cuadruplicar mi oferta, señorita Moriarty, que no retrocederé. Siento haberle hecho perder el día.

# Capítulo 2

JESSE miró aturdida la mano de Luc Sanchis, que acababa de confirmarle su peor presagio. Sintió ganas de salir de allí corriendo, pero levantó la mano y se la dio. El efecto fue instantáneo: como si un reactor nuclear hubiese explotado en su interior, enviando unas sensaciones devastadoras a todos los rincones de su cuerpo.

Como un gato escaldado, apartó la mano y vio demasiado tarde que Luc Sanchis le estaba ofreciendo el maletín que debía de haber dejado al lado del escritorio. No se había dado cuenta y le ardían las mejillas. Tomó el maletín con brusquedad y lo miró mientras obligaba a su cerebro a funcionar.

–Siento no poder persuadirlo para que reconsidere sus planes de inversión. Que tenga un buen día, señor Sanchis.

–No lo sienta –respondió él en tono mucho más ambiguo–. Conocerla ha sido sin duda... interesante.

Ella se sintió como si le acabasen de dar una bofetada.

Se dio la media vuelta y fue casi sin ver hasta la puerta, que pesaba mucho, y no volvió a respirar hasta que no la hubo cerrado a sus espaldas.

La secretaria, de aspecto austero y de mediana edad, se levantó para acompañarla hasta la salida.

–Que tenga un buen día, señorita Moriarty, supongo que sabrá llegar al ascensor –le dijo de manera educada.

Jesse asintió y le dio las gracias. Fue una vez allí, dentro del ascensor, cuando se dio cuenta de la magnitud de lo que acababa de ocurrir y de lo que eso significaba.

Luc se quedó mirando la puerta cerrada durante más tiempo del normal. Se dio cuenta de que había un delicado aroma en el ambiente. Era su olor, rico y sexy. Todo lo contrario a su imagen. Y, no obstante, pensó en la camisa abrochada hasta arriba y se vio invadido por una inoportuna ola de deseo.

Frunció el ceño y sacudió la cabeza antes de girarse hacia la espectacular vista de Londres y meterse las manos en los bolsillos. Jesse Moriarty era un enigma. ¿Qué se proponía queriendo invertir en O'Brien Construction? ¿Por qué era tan importante para ella?

Una voz incorpórea salió del teléfono que había encima de su escritorio.

–Luc, la videoconferencia está preparada. Están esperándote en Nueva York.

Él se giró y fue hasta el escritorio.

–Gracias, Deborah, dame solo un minuto...

Apartó de su mente a Jesse Moriarty con más dificultad de la que habría querido admitir y recordó cómo la había visto estremecerse cuando le había tocado la mano. Luc pensó que tenía que ser gay y le molestó que la idea no le gustase.

Se maldijo por aquel problema pasajero de concentración y volvió a fijar la atención en el siguiente punto de su agenda.

Jesse se sentó en un enorme sillón que estaba situado delante del ventanal que había en su ático. La vista, que se parecía mucho a la del despacho de Luc Sanchis, era del centro de Londres. Estaba sentada con las piernas dobladas y se había puesto un pantalón de chándal, una camiseta y un jersey de cachemir con cuello en V. Tenía en las manos una taza de té. A su alrededor, el resto del piso estaba a oscuras y la única luz procedía de la cocina.

Jesse solía sentirse tranquila a aquellas horas de la noche y ante aquellas vistas. Siempre le servían para recordar lo lejos que había llegado. Había pasado de ser una niña acongojada y traumatizada a ser una mujer que controlaba una empresa multimillonaria con la que se había convertido en la Empresaria del Año según una importante entidad financiera.

Había sido una chica llena de rabia y dolor que había descubierto que podía evadirse de la vida real volcándose en sus estudios. Y así no se había hecho muchos amigos, pero sí había conseguido una beca para la universidad.

Su odio se había convertido en algo más ambicioso: el deseo de poder ponerse delante de su padre algún día y hacerle saber que era la artífice de su fracaso. Hacerle saber que no lo había olvidado y que no había salido indemne de sus pecados del pasado. Su madre podía haberse salvado con la medicación adecuada, pero su padre había estado demasiado borracho y demasiado centrado en sí mismo como para notarlo.

Sin darse cuenta, Jesse apretó la taza mientras recordaba la reunión que había tenido con él la semana anterior. Era la segunda vez que lo veía desde que era niña. La primera había sido en la recepción en la que había conocido a Luc Sanchis, un año antes. Esa noche se había quedado conmocionada al volver a verlo después de tantos años, y se había dado cuenta de que necesitaba estar mucho más preparada para poder enfrentarse a él.

La semana anterior su padre no había sabido que JM, de JM Holdings, eran las iniciales de Jesse Moriarty. A pesar de haber heredado de él el característico color de sus ojos, no la había reconocido y Jesse lo había odiado todavía más por ello.

Su padre se había lanzado a darle un discurso acerca de lo mucho que necesitaba una inversión para mantenerse a flote y, mientras tanto, ella había tenido que contener las náuseas que le provocaba el recuerdo de tenerlo alzándose sobre ella, sudoroso y con el cinturón manchado por la sangre.

Por eso lo había interrumpido y se había levantado. Cuando él se había dado cuenta de quién era, se había transformado sin ningún esfuerzo en el hombre tirano y dominante del pasado.

–No me digas que pretendes vengarte –le había dicho, poniéndose en pie también–. No me digas que has pasado noche y día soñando con este momento.

Jesse se había ruborizado porque era cierto. Era lo único que había hecho durante años de soledad y acoso. Durante los largos y aterradores meses que habían seguido al fallecimiento de su madre, en los que el mundo se había convertido en un lugar hostil lleno de trabajadores sociales anónimos y atormentados padres de acogida de las peores zonas de Inglaterra.

–Eres patética –le había dicho su padre–. Igual que tu madre, patética e ingenua. Tenía que haberla convencido de que se deshiciese de ti, pero me rogó que la dejase tenerte... ¿y así es como me lo agradeces?

Jesse había buscado las fuerzas para contestar en el dolor que sentía.

–Este momento es solo la culminación de mis esfuerzos para verte destrozado. Nadie te va a ayudar y cuando caigas en el infierno del olvido, yo estaré allí para presenciarlo.

Jesse se estremeció mientras el desagradable recuerdo se apagaba. Quería sentirse triunfante, pero solo podía sentirse cansada. Era como si hubiese estado esforzándose mucho tiempo y no hubiese obtenido ningún resultado...

No obstante, había tenido mucho más éxito del que había soñado y por fin había empezado a darse cuenta de cuál era su mayor deseo...

Dejó la taza y se acercó a la ventana. Apoyó la frente y las manos en ella. Se dio cuenta de que el grueso cristal la separaba de las vistas y eso la entristeció. Toda su vida se había sentido separada de todo lo que la rodeaba.

Hacía tres años que había comprado aquel ático y solo tenía en él la cama, el sillón y algún mueble en la cocina. No había comprado nada más porque, a pesar de su dinero y de su éxito, no sentía que estuviese instalada. Todavía le daba miedo que su mundo cambiase drásticamente en cualquier momento.

Nunca había tenido estabilidad: cuando había empezado a confiar en un trabajador social, su caso había pasado a otro, cuando se había sentido segura en una casa de acogida, la habían llevado a la siguiente. Hacía mucho tiempo que había aprendido a contar solo consigo misma, a confiar solo en ella. La única constante de su vida había sido el odio que sentía por su padre...

No había tenido nunca amigos ni vida social. En una ocasión había sido vulnerable y había habido un hombre. Se había dejado seducir porque necesitaba el contacto humano, algo de ternura. Pero este hombre le había hecho el amor sin tocarla. De manera fría.

Y después le había dicho con desprecio:

–Es verdad lo que dicen, eres como una máquina.

Y Jesse no había vuelto a cometer aquel error. Desde entonces se había centrado en dos cosas: su trabajo y llevar a su padre ante la justicia.

En esos momentos, por fin, empezaba a ver la luz al final del túnel y tenía la posibilidad de dejar atrás el pasado y, tal vez, empezar a vivir. O, más bien, había empezado a ver la luz hasta que los anchos hombros de Luc Sanchis se la habían bloqueado.

Se giró y miró su apartamento, oscuro y vacío. La idea de que su padre pudiese eludir la derrota y volver a tener éxito gracias a la inversión de Luc Sanchis era insoportable.

Se mordió el labio inferior. Se había preparado tanto para cuando llegase el día. Sabía lo peligroso que era su padre y por eso lo había investigado y no había dejado nada a la suerte. Su padre estaba corrompido hasta la médula y si no había ido a la cárcel antes era porque había tenido mucha suerte, contactos y una inmensa fortuna. No obstante, sin la protección del dinero, solo sería cuestión de tiempo que todos sus delitos saliesen a la luz.

A pesar de querer vengarse de su padre por lo que le había hecho a su madre y a ella, cuando había descubierto hasta qué punto este había delinquido gracias a los detectives privados que había contratado, aquello se había convertido más bien en una cuestión de justicia.

A lo largo de los años había ido comprando acciones y participaciones de las empresas de su padre, había ido debilitándolo poco a poco. Y en esos momentos tenía la sensación de que todo podía irse al traste si Luc Sanchis invertía en él.

Se puso tensa. No podía tirar la toalla en esos momentos, estaba demasiado cerca. Tenía que evitar que Luc Sanchis cerrase el trato con su padre.

Se estremeció ligeramente al recordar el cuerpo y la presencia de aquel hombre, por no mencionar el halo de poder que lo rodeaba. Podía romperla en dos si quería, casi sin parpadear... pero Jesse tendría que arriesgarse a ello si quería triunfar.

Luc estaba distraído y molesto. Y agotado. Se pasó la mano por la cara. Llevaba despierto casi veinticuatro horas, asegurándose de que no había fisuras legales en su trato con O'Brien. El terrible tráfico de Londres lo estaba poniendo todavía de peor humor. Al menos no tenía que preocuparse por llegar con tiempo al vuelo, había alquilado un jet privado para ir a Suiza.

Se había reunido con JP O'Brien el día anterior y, a pesar de que este estaba claramente desesperado, él había insistido en esperar diez días más antes de firmar los contratos. Eso significaba que los firmarían veinticuatro horas antes de que a O'Brien se le terminase el plazo con los bancos. Luc quería que O'Brien estuviese nervioso y desesperado, quería ser su única esperanza.

Sonrió para a sí mismo. Merecía la pena tanto trabajo. Se había asegurado de que nadie pudiese igualar su oferta... En esa ocasión, O'Brien sería suyo.

No pudo evitar recordar la visita que Jesse Moriarty le había hecho una semana antes. Frunció el ceño al darse cuenta de que estaba pensando en ella otra vez.

Se dijo que solo era porque la asociaba con O'Brien.

Había intentado obtener información acerca de ella, pero no lo había conseguido. Solo sabía que había estado en varios centros de acogida. ¿Sería huérfana? Eso le hizo pensar en su inherente fragilidad y no le gustó. Aunque también tenía que admitir que hacía mucho tiempo que nadie entraba en su despacho de aquella manera. Y esto no le había resultado del todo desagradable...

Suspiró aliviado al ver que habían dejado atrás la ciudad y estaban en la carretera. Cuanto antes estuviese en el avión, mejor. Antes podría olvidarse de aquella mujer con tamaño de hada y pelo corto. En ese momento sonó su teléfono y sonrió al ver quién lo llamaba.

–*Chérie*... ¿cómo estás?

Luc tuvo la sensación de que había pasado mucho tiempo cuando despertó sintiéndose extrañamente aturdido. Abrió los ojos y parpadeó contra la brillante luz que entraba por la pequeña ventana que tenía al lado. Todo estaba en silencio a su alrededor, pero se oía el mar a lo lejos y las gaviotas encima. Era evidente que el avión había aterrizado, la puerta de la cabina estaba abierta a solo unos metros de él, pero no había ni rastro del azafato ni del piloto.

Recordó haber hablado por teléfono mientras subía a bordo y que el azafato le había ofrecido un café. Se había tomado dos tazas y después... ya no recordaba nada, cosa que le resultó extraña, porque había pretendido trabajar.

Fue recuperando la lucidez poco a poco y miró a su alrededor. Todas sus pertenencias habían desaparecido. No estaba su ordenador, ni su teléfono, ni su maletín... Miró por la ventana y se dio cuenta de que no estaba en Suiza, sino en un destino mucho más cálido.

Se desabrochó el cinturón y se levantó. Sacudió la cabeza para despejarse un poco más y fue hacia la puerta abierta. Tuvo que entrecerrar los ojos para mirar al exterior. Hacía calor. Y era evidente que aquello no era Suiza. Ante él se extendía un interminable cielo azul y las aguas brillantes de... Luc parpadeó, no era posible. ¿El mar Mediterráneo?

Un movimiento llamó su atención y se giró, y entonces vio el pequeño todoterreno que había aparcado cerca del avión. Había alguien al lado. Una figura pequeña y delgada, con el pelo corto y rubio. Iba vestida con vaqueros desgastados, zapatillas de deporte y una camisa blanca. Unas gafas de sol ocultaban unos ojos que Luc recordaba con demasiada facilidad a pesar de su confusión.

Descendió las escaleras lentamente y el aire cálido y salado lo golpeó. Aquello era real, no estaba soñando. Y a juzgar por la postura defensiva de la mujer que lo esperaba, ella era la responsable.

Una cosa era que hubiese entrado en su despacho exigiendo respuestas... Y otra muy distinta, aquello. El hecho de haber subestimado a alguien por segunda vez en su vida lo enfadó. A él ya no lo subestimaba nadie.

No se dio cuenta de que tenía a alguien detrás hasta que no estuvo en tierra firme, entonces vio aparecer al azafato en la puerta del avión y vio cómo este cerraba la puerta. Él se acercó adonde estaba Jesse Moriarty con paso decidido. Estaba furioso.

–Bueno, bueno, señorita Moriarty. Qué casualidad encontrarnos aquí. ¿Va a decirme dónde estoy?

Se dio cuenta de que Jesse tragaba saliva. De hecho, no era tan fría como quería parecer.

–En Grecia –le respondió–. En una isla privada que he alquilado.

–Qué bien. ¿Y se ha sentido obligada a traerme para que pasemos juntos las vacaciones?

Jesse no respondió inmediatamente y Luc añadió en tono irónico:

–Si hubiese sabido que estaba tan desesperada por estar en mi compañía podríamos haber llegado a algún acuerdo.

Ella se ruborizó antes de espetar:

–No... es eso. Ese no es el motivo por el que está aquí.

Aquello lo enfadó todavía más. Luc cruzó el espacio que los separaba y la agarró de los brazos, sacudiéndola. Pesaba tan poco que se le cayeron las gafas con el movimiento, dejando al descubierto sus enormes ojos.

–¿Y bien? ¿Va a decirme qué demonios estoy haciendo aquí?

–Yo... Lo he secuestrado.

# Capítulo 3

LUC Sanchis le estaba haciendo daño en los brazos, pero Jesse ni siquiera podía gritar para hacérselo saber. Lo miró a los ojos y se dio cuenta de que tenía las pestañas larguísimas. Parpadeó. ¡Aquello era una locura! Acababa de secuestrar a uno de los hombres más influyentes del mundo y se estaba fijando en sus pestañas.

Hizo un esfuerzo para zafarse, segura de que le había dejado marcas en los brazos. Él seguía mirándola fijamente y Jesse sintió miedo. Parecía estar bien, pero ¿y si era alérgico a...?

De repente, la mirada de Luc cambió, se volvió mucho más fría, más dura.

–Supongo que me habrán echado algo en el café.

Jesse se sonrojó. Vio por el rabillo del ojo que el avión estaba ya casi en la otra punta de la pista de aterrizaje. Ninguno de los dos se había dado cuenta de cuándo había echado a andar.

–Les pedí que le pusieran unas hierbas que lo ayudasen a dormir para que no se diese cuenta de que el avión se desviaba y de que le quitaban sus cosas. No pensamos que se quedaría inconsciente.

Luc pensó que eso era porque no habían sabido lo cansado que estaba. En esos momentos ya no sentía ningún efecto secundario, así que lo que le habían dado no debía de ser tan fuerte.

Oyó el rugido del motor del avión tras de él y se giró. El avión estaba avanzando hacia ellos a gran velocidad y él se quedo inmóvil. Era la primera vez en mucho tiempo que algo no salía como él había previsto.

El pequeño avión pasó por su lado y Luc se cubrió los ojos para verlo despegar.

Entonces fue realmente consciente de lo sucedido. Miró a Jesse Moriarty y se dio cuenta de lo pequeña que era, sobre todo, sin tacones. El viento la había despeinado y estaba muy sexy. Luc recordó su arrogancia cuando había ido a verlo la semana anterior, su propuesta de igualar el importe de su inversión. Se cruzó de brazos. Estaba tan enfadado que le ardía el estómago.

Jesse tragó saliva. Había seguido la mirada incrédula de Luc Sanchis mientras despegaba el avión. En esos momentos tenía los ojos clavados en ella. Jesse supo que, junto con su padre, acababa de granjearse posiblemente el peor enemigo de su vida.

El ruido del avión fue apagándose y el silencio volvió a rodearlos.

Luc Sanchis le preguntó entonces con voz aterciopelada:

–¿Sabe que tendrá que enfrentarse a unos ocho años de prisión por esta proeza?

Jesse asintió despacio. Había barajado todas las posibles consecuencias, pero la principal era que

Luc Sanchis no invirtiese en la empresa de su padre, y eso era lo único que le importaba.

–Sé lo que estoy haciendo –le dijo.

Él tenía el rostro tenso.

–¿Dónde están mis cosas, mi ordenador, mi teléfono... mi pasaporte?

Jesse intentó mantener la calma. Tragó saliva.

–En un lugar seguro. Se los devolveré el día que se marche.

–¿Y cuándo será eso? –le preguntó él con voz tensa.

«Cuando sea demasiado tarde para cerrar el trato con O'Brien», se dijo a sí mismo, furioso. Se sentía impotente, inútil... Por primera vez en su vida, se sentía capaz de utilizar la violencia.

Retrocedió. Se obligó a respirar hondo y sacudió la cabeza.

–Increíble... ¿Tanto lo desea?

–Sí –afirmó ella.

Luc Sanchis volvió a dar un paso al frente y Jesse no pudo evitar retroceder un poco.

–Ha cometido un gravísimo error al decidir enfrentarse a mí en este asunto.

Jesse se obligó a ponerse recta y a mirarlo a los ojos.

–Le ofrecí la oportunidad de retirarse y no la aceptó.

Luc Sanchis se acercó todavía más, su olor la distrajo.

–Lo que ha hecho es ganarse un enemigo para toda la vida. Cuando haya terminado con usted, tendrá suerte si consigue trabajo en una cafetería.

Luc agradeció sentir aquella ira que lo distraía del delicado aspecto de Jesse Moriarty. Tenía que apartarse de ella y de su falsa vulnerabilidad. Levantó las manos al aire, tenía ganas de golpear algo sólido. A poder ser, una pared, pero no tenía nada cerca, salvo el socarrón silencio de aquella misteriosa isla.

Volvió a mirarla y se dio cuenta de que estaba muy pálida. Eso lo enfadó todavía más.

–¿Dónde demonios estamos? Y no me vuelva a decir que en una isla griega.

Jesse se mordió el labio inferior con tanta fuerza que se hizo sangre.

–La isla se llama Oxakis. Es privada. Es una de las más remotas del archipiélago griego.

Sanchis se contuvo para no jurar.

–¿Qué práctico, no?

«La verdad es que sí», pensó Jesse con cierto histerismo. Lo mismo que el hecho de que el dueño hubiese puesto todas las medidas de seguridad en la casa que había construido en ella.

Fue a ponerse detrás del volante del todoterreno. Luc Sanchis se quedó donde estaba, mirándola.

Cuando no la siguió inmediatamente, Jesse sintió pánico. No podía hacerle frente físicamente y, al pensar aquello, no pudo evitar sentir deseo.

–Lo único que hay en la isla es una casa –le dijo–. Puede quedarse aquí si quiere, pero tendrá que esperar mucho tiempo y hace frío por las noches.

Jesse lo vio cerrar los puños.

–Maldita sea, Moriarty –espetó.

Luego se quitó la chaqueta y se desabrochó el

primer botón de la camisa. Fue hasta el lado del copiloto y abrió la puerta con tanta fuerza que estuvo a punto de arrancarla.

Jesse se secó las sudorosas manos en los vaqueros mientras él se sentaba. Tomó sus gafas de sol del suelo, abrió su puerta y se sentó también para arrancar el motor. Entonces pisó el acelerador con tanta fuerza que el coche se sacudió hacia delante. Luc Sanchis la miró con severidad y ella se ruborizó.

Tomó aire y salió de la pista de aterrizaje para tomar una estrecha carretera que llevaba hasta la otra parte de la isla, donde estaba la casa.

Luc se agarró con fuerza al tirador que había encima de la puerta. El todoterreno era como una celda. Además, odiaba no conducir él, salvo que fuese en la parte trasera del coche y con un chófer. El todoterreno era nuevo y lujoso, pero él estaba apretado. Y no pudo evitar fijarse en cómo tenía que estirar las piernas Jesse para llegar a los pedales.

Era como una muñeca. Tenía los muslos delgados, las manos pequeñas y los brazos esbeltos.

Luc la estudió todavía más, casi sin darse cuenta de lo que estaba haciendo. Llevaba el primer botón de la camisa desabrochado, dejando al descubierto la piel clara de su largo cuello. El cinturón de seguridad hacía que la pequeña curva de sus pechos pareciese más prominente.

De repente, giró la cabeza y le preguntó:

–¿Qué está mirando?

Y él tuvo que hacer un esfuerzo para apartar la vista de sus mejillas sonrojadas y de sus labios rosados y generosos. Por un momento se sintió raro, se maldijo y clavó la mirada en la carretera.

–Estoy buscando una salida –murmuró.

Después volvió a mirarla e intentó no fijarse en su barbilla ni en su perfecta nariz. Se cruzó de brazos y, apoyándose en la puerta, se giró hacia ella.

–Me esperan en Suiza, en una reunión del foro económico. Mi equipo se seguridad se pondrá a buscarme en cuanto se dé cuenta de que no llego.

Jesse agarró el volante con más fuerza. Vio las puertas de hierro forjado de la casa y suspiró aliviada. No quería seguir teniendo aquella conversación en un lugar tan pequeño. Necesitaba concentrarse.

No respondió a Luc Sanchis y una vez pasadas las puertas, le dio a un botón que hizo que se cerrasen tras de ellos. Por fin se sentía más segura.

El camino les llevó hasta la casa, que estaba situada en lo alto de una colina que daba al mar.

Vio con el rabillo del ojo que Luc Sanchis había girado la cabeza al oír que se cerraban las puertas y notó que volvía a ponerse tenso.

La casa era de estilo clásico y elegante. Jesse condujo hasta la puerta principal, que estaba adornada con abundantes flores, pero no se fijó en la belleza del lugar.

Detuvo el coche y apagó el motor.

–¿No va a salir el mayordomo a darnos la bienvenida? –preguntó Luc en tono sarcástico.

–No hay servicio –replicó ella–. Solo nosotros.

Y luego salió rápidamente del coche, antes de que la ira y la energía de Luc Sanchis le hiciesen sentir todavía más claustrofobia.

Él salió también y la miró por encima del capó del coche. Jesse lo cerró y se guardó las llaves. Luc siguió el movimiento de sus manos con la vista y luego volvió a clavarla en ella.

–¿Y bien? No ha respondido a mi pregunta. ¿Qué va a hacer cuando mi equipo de seguridad localice la señal GPS de mi móvil? –le preguntó, mirándose el reloj–. Yo diría que ya lo están haciendo...

Jesse suspiró aliviada al recordar que había metido todas las pertenencias de Luc Sanchis en una caja fuerte que estaba en el maletero del todoterreno.

Levantó la barbilla y se enfrentó a él.

–He inhabilitado el GPS del móvil y del ordenador. No hay ninguna otra manera de localizarnos. Y he entrado en su cuenta de correo para enviar mensajes a su secretaria y a su equipo de seguridad, para avisarlos del cambio de planes. Les he pedido que no lo molesten bajo ninguna circunstancia hasta que usted se ponga en contacto con ellos.

Aquello hizo que Luc Sanchis se quedase pensativo.

–Usted es una de las pocas personas del mundo que puede hacer eso porque diseñó el software.

Jesse tragó saliva.

–Sí.

–Veo que ha pensado en todo –le dijo él, controlando la voz, pero claramente enfadado–. Por el momento.

–He pensado en todo de aquí a los próximos diez días, señor Sanchis. Y ya he... ya he dado instrucciones de no cerrar el trato con O'Brien.

–Me secuestra, accede a mis cuentas de correo, se hace pasar por mí... Y todo porque quiere ser quien salve a O'Brien del abismo.

«¡No!», deseó gritar ella. «Quiero ser la que lo mande al abismo. ¡Para siempre!».

Se encogió ligeramente de hombros.

–Las mujeres como usted me ponen enfermo. Son más despiadadas que cualquier hombre. En vista de lo que ha hecho para salirse con la suya, apuesto a que sería capaz de vender hasta a su familia para conseguir lo que quiere.

Jesse palideció un instante y Luc Sanchis frunció el ceño. Ella retrocedió.

–Voy a enseñarle la casa.

La tensión se palpaba en el ambiente y Jesse sabía que Luc Sanchis se estaba dando cuenta de que solo podía hacer lo que ella le pidiese.

Era una casa acogedora y bonita. Sus dueños eran un multimillonario griego llamado Alexandros Kouros, su esposa Kallie y sus tres hijos.

Jesse había hecho negocios con Kouros y este se la había ofrecido para pasar unos días allí.

–Este es el salón. Hay una televisión y un DVD en el armario... –le dijo a Luc.

–¿Quiere decir que puedo moverme libremente por la casa? –preguntó él en tono sarcástico–. ¿No me va a encerrar en una torre y darme solo una comida diaria?

Jesse se puso tensa con su humor negro. Estaba sorprendida... no había sabido qué esperar de él. Sabía que Luc Sanchis estaba enfadado, sí, pero no parecía desconcertado. Era como si estuviese esperando su momento.

Y ella sabía que no debía sentirse satisfecha antes de tiempo. Seguro que Luc intentaba buscar una salida o una manera de manipularla.

Se giró hacia él y volvió a sentirse débil. Tenía que hacerle entender que era inútil que intentarse huir.

–Hay una valla electrificada alrededor del terreno, con una alarma que funciona con infrarrojos. La única manera de salir de la isla es en avión.

Jesse cruzó los dedos detrás de su espalda porque sabía que en la punta sur de la isla había un pequeño embarcadero con una lancha motora. No le gustó el modo en que Luc Sanchis entrecerró los ojos, pensativo.

–Soy muy buen nadador.

La noticia no la sorprendió.

–Estas aguas son muy peligrosas y son conocidas por sus traicioneras corrientes. He mirado la predicción meteorológica y es probable que tengamos tormenta. Aunque consiguiese saltar la valla, no sobreviviría por muy buen nadador que fuese.

Luc la miró a los ojos y se preguntó por qué estaba tan seria.

Sacudió la cabeza.

–¿Cómo convenció al piloto para que cambiase de rumbo?

Jesse volvió a evitar su mirada.

–También le mandé un correo a su compañía explicando que quería venir aquí. Y que no quería que se hablase del tema a bordo porque el viaje era... una escapada romántica.

Luego volvió a mirarlo.

–Al azafato lo contraté por otra parte y le pagué para que le diese el somnífero y le quitase sus cosas –añadió–. Le dije que era una sorpresa...

Luc apretó tanto los dientes que se hizo daño.

Ella fue hacia las escaleras, que llevaban a las habitaciones. Poco después oyó suspirar a Luc y cómo sus pasos la seguían.

Jesse se detuvo delante de una puerta, la abrió y se apartó para dejar que Sanchis mirase dentro.

No le había apetecido utilizar el dormitorio de los Kouros, así que había escogido la siguiente habitación más grande para Luc Sanchis y una más modesta para ella, que se sentía más cómoda con menos lujos. Aunque en aquella casa todo fuese lujoso y hubiese tenido que escoger una habitación con una cama enorme, mullidas alfombras y el cuarto de baño dentro. En ella había también un balcón con unas vistas impresionantes al mar Mediterráneo.

Entró en la habitación que iba a ser la de Luc Sanchis. Las vistas allí eran todavía más espectaculares que desde la suya.

–Esta es su habitación. Tiene baño y todos los productos de aseo que pueda necesitar.

Luc Sanchis entró con ella en el baño, donde tomó y volvió a dejar varias cosas. Jesse se fijó en que no llevaba la chaqueta ni la corbata, debía de haberlas dejado en alguna parte. Sintió claustrofobia.

Volvió a la habitación y vio ambas cosas encima de la cama. Apartó la vista de ellas y sintió calor solo de imaginárselo quitándose la corbata.

Se acercó al armario, consciente de la presencia

de Luc Sanchis a sus espaldas, y abrió las puertas. Estaba lleno de trajes, pantalones, zapatos. Ropa informal, pijamas. Luc Sanchis abrió la boca... y volvió a cerrarla.

–Sospechaba que era gay –murmuró después–, pero si esta es la ropa del último amante que se trajo, es que no lo es.

Jesse notó calor en las mejillas e hizo un esfuerzo para controlarse. ¿Pensaba que se llevaba allí a sus amantes?

Luc la observó y vio muchas cosas diferentes en su rostro.

–Es todo nuevo, para usted. Sabía que la reunión iba a durar solo unas horas y que no traería equipajo, así que

Luc se acercó y tocó la ropa. Había suficiente para un mes.

–Señor Sanchis, sé que lo he traído aquí en contra de su voluntad, pero tengo la intención de dejarlo marchar... en cuanto esté segura de que no va a poder cerrar su trato con O'Brien... –comentó ella a sus espaldas–. Si me dice que está dispuesto a firmar un contrato conmigo en el que renuncie a negociar con O'Brien tendrá un avión o en un helicóptero aquí en una hora.

Luc se giró a mirarla.

–De eso nada.

Y después la despreció volviendo a estudiar la ropa que, inquietantemente, era de su talla.

–No me lo diga, ha conseguido acceder a los correos de mi secretaria para enterarse de lo que le pido a mi sastre.

–Ha sido fácil obtener la información –admitió ella, incómoda–. Quería asegurarme de que iba a estar cómodo, señor Sanchis.

Luc se acercó a ella. Apoyó una mano encima de su cabeza, en el marco de la puerta, y la vio abrir mucho los ojos y ruborizarse. «Interesante», pensó. A pesar de que, muy a su pesar, a él también se le había acelerado el pulso.

Enfadado consigo mismo, bajó el brazo y dijo:

–Yo creo que, a estas alturas, podríamos tutearnos, ¿no? Me llamo Luc.

Jesse todavía estaba aturdida después de haberlo tenido tan cerca, y sus pezones estaban duros como escarpias debajo del sujetador de encaje.

Antes de que le diese tiempo a reaccionar, lo vio salir de la habitación. Lo siguió.

–¿Adónde vas?

–A buscar un teléfono para llamar a alguien y que me saquen de aquí. Esta ridícula farsa ya ha durado demasiado.

Se detuvo bruscamente en la parte baja de las escaleras y Jesse estuvo a punto de chocar contra él. Luc miró de un lado a otro y empezó a abrir puertas en busca de un teléfono. Jesse contuvo la respiración cuando llegó a la del despacho. Luc la abrió y entró.

Luego juró y volvió a salir con las manos apoyadas en las caderas.

–¿No hay ningún medio de comunicación?

Jesse negó con la cabeza. Todo estaba guardado en la caja fuerte de la casa. Tenía su propio teléfono, sí, pero oculto en un lugar en el que Sanchis jamás podría encontrarlo.

Este se acercó a ella y Jesse tuvo que hacer un esfuerzo para no retroceder a pesar de estar respirando su aroma y de tener que levantar la cabeza para mirarlo.

–Pagarás por esto, Jesse... Lo sabes, ¿verdad? Haré lo que sea necesario para salir de esta isla.

# Capítulo 4

LA AMENAZA era explícita, pero lo único que sintió Jesse fue una tensión en el vientre al oír cómo la llamaba por su nombre por primera vez.

No obstante, se negó a dejarse intimidar y le dijo:

–Sé que mis actos tendrán consecuencias, pero no me importa.

Porque lo único que le importaba era que su padre se enfrentase a las consecuencias de sus actos. Y punto.

Luc la miró tan fijamente a los ojos durante tanto tiempo que Jesse empezó a sentirse aturdida. Entonces él retrocedió y ella volvió a respirar. Luc se giró y se alejó de ella, que no tardó en seguirlo.

Luc estaba abriendo y cerrando puertas y armarios. Sabía que ella estaba allí, pero no la miró.

–Hay comida suficiente para un ejército.

–En realidad, hay comida suficiente para dos semanas –le confirmó ella, incapaz de apartar la mirada de su trasero.

Luc se puso recto, se giró y ella apartó la vista.

–¿Dos semanas? –preguntó, apoyando las manos en la isla que había en el centro de la cocina.

Jesse tragó saliva.

–Por si acaso surge algún imprevisto.

–¿Qué clase de imprevisto, Jesse?

–Una tormenta o algo así.

Luc juró entre dientes y empezó a sacar cosas de la nevera y de los armarios.

–¿Qué estás haciendo? –preguntó ella con cautela.

–Preparar algo para comer, evidentemente.

Jesse lo vio prepararse un sándwich y sacar una botella de agua de la nevera, aunque después debió de pensarlo mejor y sacó también una de vino. La descorchó con facilidad y luego se metió la botella de agua debajo del brazo y tomó el vino y el sándwich con las manos.

Hizo como si Jesse no estuviese allí y salió de la cocina para dirigirse escaleras arriba.

–¿Adónde vas? –le preguntó Jesse, siguiéndolo.

Luc se detuvo en lo alto de las escaleras y suspiró. Se giró hacia ella.

–Voy a mi habitación, a comer, a beber y a alejarme de ti que, al parecer, es lo único que puedo hacer por el momento.

Jesse clavó la vista en la mano que sujetaba la botella de vino.

–¿No necesitas una copa?

–No –respondió él–. No necesito una copa.

Y dicho aquello se dio la media vuelta y desapareció. Un par de segundos después, Jesse oyó un portazo.

Ella se dio la vuelta y se sentó en el último peldaño de la escalera. Entonces fue consciente de la magnitud de todo lo ocurrido y se llevó una mano a la cabeza. Estaba temblando. La puerta principal de la casa seguía abierta y las vistas eran preciosas.

Tenía a Luc Sanchis atrapado en aquella isla. E iba a estar diez días sola con uno de los hombres más poderosos del mundo, un enemigo letal en potencia. Recordó la gracia masculina con la que este se había girado en lo alto de las escaleras y notó calor en el vientre. Era todo músculos y testosterona, y su mirada había sido asesina.

Luc se sentó en una silla en la terraza de su habitación. El mar Mediterráneo se extendía hasta donde le alcanzaba la vista y no había nada más, no se veían barcos ni otras islas. La amenaza de tormenta parecía haber pasado por el momento y el maravilloso paisaje se burlaba de él. Todavía tenía la botella de vino en la mano. Se la llevó a los labios y le dio otro buen trago antes de darse cuenta de que ya iba por la mitad.

Asqueado, porque no solía beber alcohol, la dejó en la mesa al lado del sándwich que tampoco había terminado. Había sacado la botella de vino de la nevera sin pensarlo y le había gustado ver cómo Jesse lo miraba con los ojos muy abiertos mientras la abría.

La maldijo.

Todavía no podía creer que le hubiese hecho aquello, a él, y con tanta facilidad. Tal vez eso fuese lo peor, la facilidad con la que había caído en su trampa. Hizo una mueca. Y todo porque era una fanática de los ordenadores. Aunque cuando se imaginaba a esa clase de personas pensaba en un veinteañero con gafas. Y no en una mujer menuda y de aspecto vulnerable. Dejó escapar una carcajada. ¿Vulnerable? De eso nada.

Volvió a tomar la botella de vino. Cuanto más bebía, más borrosa veía la imagen de Jesse en su mente, así que le dio otro sorbo.

Se echó hacia delante con la botella colgando de los dedos, completamente ajeno a la desenfadada imagen que presentaba, con los botones de la camisa desabrochados y la parte alta de su pecho al descubierto.

Casi le entraron ganas de reír, pero aquello no tenía nada de gracioso. La semana anterior su secretaria le había preguntado si no tenía pensado irse de vacaciones, seguro que daba por hecho que había aceptado su consejo. Y también sabía que no se cuestionaría su repentino cambio de opinión con respecto a O'Brien porque estaba acostumbrada a que cambiase de opinión y a que no le diese ninguna explicación. ¿Cómo era posible que Jesse Moriarty supiese tanto de él sin conocerlo?

Y las dos únicas personas que se preocupaban por él estaban en esos momentos en un crucero de dos semanas. Esa misma mañana le había dicho a su madre y a su hermana en tono de broma que no quería tener noticias suyas a no ser que fuese por una cuestión de vida o muerte.

Sonrió al pensar en lo irónico de la situación. En circunstancias normales, su madre se habría asustado si no hubiese recibido su habitual llamada diaria, a pesar de que se había relajado mucho después de casarse con su segundo marido, George, el año anterior.

Por primera vez desde que tenía memoria, su madre y su hermana ya no lo necesitaban tanto y él no estaba seguro de estar cómodo con la situación. Se había convertido en el hombre de la familia con doce años, cuando su padre había fallecido.

Y desde entonces, a excepción de una traición, se había llevado pocas sorpresas en la vida. Aunque en esos momentos estaba sorprendido. Y enfadado. Porque Jesse Moriarty estaba acabando con sus soñados planes de...

Oyó un ruido justo debajo de donde estaba, apoyó la botella de vino en el suelo y se levantó. Y entonces la vio andando por el césped, hacia los árboles.

Llevaba un vestido corto y Luc no pudo evitar mirar sus piernas esbeltas y claras. Desapareció entre los árboles con una toalla en la mano. Luc no tardó en oír cómo se tiraba al agua y, entre los árboles, la vio mover los brazos.

Agarró la barandilla con fuerza y sintió tensión en el vientre. Se maldijo porque se estaba preguntando si llevaría bikini o traje de baño, y si lo llenaría, y se giró para volver a entrar en la habitación.

Fue de un lado a otro, cada vez más enfadado al verla a ella tan tranquila, dándose un baño, ¡como si no acabase de secuestrarlo! ¿Qué hacía él, preguntándose qué llevaba puesto, cuando ni siquiera le parecía atractiva? Ignoró el traicionero calor que lo contradecía.

Recordó lo tensa que se había puesto una semana antes, cuando había ido a verlo a su despacho, y él le había preguntado cuáles eran sus motivos para querer salvar O'Brien. Era evidente que volver a preguntárselo no era una opción, porque no le iba a responder.

«Piensa, hombre, piensa», se dijo a sí mismo, arrepentido de haberse tomado el vino. El secuestro había sido sencillo, pero efectivo. Luc casi habría preferido que le hubiesen golpeado en la cabeza y lo hubiesen dejado inconsciente. Al menos de esa manera se sentiría menos culpable...

Sacudió la cabeza. Tenía que aceptar que estaba allí y que tenía que salir de aquella isla lo antes posible.

Sabía que, físicamente, era superior a ella, pero ¿de qué le servía eso? Era evidente que ella tenía medios para comunicarse con el mundo exterior, pero seguro que los tenía bien escondidos y, además, era probable que les hubiese puesto una contraseña de seguridad para que él no pudiese utilizarlos.

La idea de ir a la cárcel por secuestrarlo no parecía intimidarla, lo que significaba que salvar O'Brien era mucho más importante para ella que cualquier otra cosa... y eso le dio náuseas.

Luc se dio cuenta de que ya no se oía el ruido del agua y volvió a la terraza. Estaba atardeciendo y el crepúsculo bañaba la isla de un resplandor malva. Jesse apareció de repente entre los árboles, frotándose el pelo con una toalla, de nuevo con el vestido corto. Luc retrocedió, pero ella levantó la vista hacia la terraza, como si hubiese sentido su presencia.

Luc se dio cuenta de que estaba tensa y tuvo ganas de agarrarla por el delicado cuello y... estrangularla, se dijo a sí mismo enfadado.

Se maldijo y se negó a reconocer que, por un instante, había deseado estar delante de ella y probar sus suaves labios.

Fue al cuarto de baño y abrió la ducha. Se desnudó y se metió debajo del chorro. Apoyó las manos en las baldosas de la pared. Estaba enfadado, tenso... y algo mucho más insidioso.

No tenía elección. Tenía que salir de aquella isla antes de diez días, y haría lo que fuese necesario para hacerlo, pero la única manera que se le ocurría de conseguirlo era torturando a Jesse Moriarty hasta que le diese un teléfono.

Entonces se le ocurrió... Se había dado cuenta de cómo había respondido Jesse a su cercanía un rato antes. Había podido ser por nervios... o por otra cosa.

Tal vez pudiese torturarla... pero desde un punto de vista sensual, hasta conseguir que se rindiese ante él.

Jesse estaba sentada en la cocina comiéndose un tazón de cereales y pensando que la despensa estaba llena, pero que no había nada precocinado para comer. O Luc Sanchis sabía cocinar algo más que un sándwich, o era posible que muriesen de hambre, porque ella no sabía ni cocer un huevo.

Estaba esperando a que este diese señales de vida, ya que antes o después tendría que comer. Era un hombre grande, no podía tener suficiente con un sándwich, pero, que ella supiese, seguía encerrado en su habitación.

Se levantó y dejó el tazón en el fregadero. Desde donde estaba se veía la casa de la piscina, cuyas paredes blancas brillaban bajo la luz del atardecer. El efecto calmante del baño que se había dado solo había durado hasta que había mirado hacia la terraza de Luc Sanchis, donde le había parecido ver movimiento. No lo había visto a él, pero no había podido sacarse su imagen de la cabeza. Su cuerpo alto y musculoso. Sus ojos oscuros, enfadados.

Había ido derecha a su habitación, donde se había vestido como siempre, con unos vaqueros y una camiseta amplia. No solía pensar en la ropa que se ponía, pero al ponerse los vaqueros había deseado algo más suave.

Y entonces se había dado cuenta de que no tenía nada suave, ni siquiera un vestido.

A veces envidiaba a otras mujeres a las que veía cómodas con su feminidad. La suya llevaba tanto tiempo encerrada que no sabía si alguna vez volvería a salir.

La única concesión que le hacía era su amor por los perfumes. Cuanto más opulentos y sensuales, mejor.

Recordó el comentario que había hecho Luc acerca de si era gay. Tenía algunos compañeros homosexuales y lo cierto era que envidiaba su confianza y libertad de expresión, a pesar de no compartir sus preferencias.

Dejó el paño de cocina que tenía en la mano y,

sin darse cuenta, se tocó el pelo corto, que veía reflejado en el cristal de la ventana. Sin saber por qué, pensó en algo en lo que hacía años que no pensaba: en su primera madre de acogida y en la mordacidad de sus palabras:

–Piojos. Eso es lo que me vas a traer a esta casa. Llevas el pelo demasiado largo, no sé cómo no te lo han cortado antes. Vas a tener suerte, estuve trabajando en una peluquería, así que te lo voy a cortar para que nos deshagamos de esos bichos...

La mujer había hecho caso omiso de sus lágrimas y le había cortado el pelo. Jesse había tenido la melena igual que la de su madre y después de que esta falleciese se había acostumbrado a tocarse su propio pelo para dormir por las noches. Eso la había reconfortado, haciéndola sentir que su madre seguía allí, con ella.

Aquella misma mujer le había dado los pocos vestidos que tenía Jesse a su propia hija, un poco más pequeña que ella.

–Ya no los vas a necesitar –le había dicho.

A Jesse le habían dado igual los vestidos, ya que se los había regalado su padre las pocas veces que había ido a verlas. Se los había dado envueltos en un bonito paquete, justo antes de decirle que se marchase para poder encerrarse en el dormitorio con su madre.

Desde aquel día en que le habían cortado tan brutalmente la melena, no había vuelto a dejarse el pelo largo. Ese día se había sentido tan desnuda y vulnerable que había jurado que jamás permitiría que nadie volviese a hacerle algo así... y lo había controlado cortándose el pelo con frecuencia, en ocasiones, ella misma.

Intentó convencerse de que estaba tan reflexiva por todo lo que había ocurrido durante el día, y que no tenía por qué temer que volviesen a cortarle el pelo. Hacía tiempo que lo sabía, pero mantener el pelo corto le había servido como una especie de armadura.

Se emocionó al pensar en dejarlo crecer... y entonces vio la expresión en el cristal e hizo una mueca antes de darse la vuelta... y encontrarse de frente con un Luc Sanchis medio desnudo.

Estaba observándola y ella sintió calor. Solo llevaba puesta una pequeña toalla blanca alrededor de las delgadas caderas. Su pecho era fuerte y estaba bronceado y cubierto por una fina capa de vello oscuro.

Personalmente, a Jesse nunca le habían atraído los pechos afeitados, y notó cómo se le endurecían los pezones al ver aquel. Tuvo que levantar la vista al rostro de Luc, que se mantenía impasible. No había ni rastro de burla en él, tal y como ella se había temido.

–Te he oído en la piscina hace un rato.

Jesse tardó un segundo en asimilar sus palabras. Entonces asintió.

–Sí... está al otro lado del jardín. Tienes una casa con albornoces y trajes de baño.

–Sí... –respondió él, cruzándose de brazos–. Me he dado cuenta de que no hay ninguno en mi armario. Aunque no me importa. Prefiero nadar desnudo. Eso... si tú me dices que no le importará a los dueños.

Jesse notó calor en el cuello, pero consiguió responder:

–No, no creo que les importe. De todas maneras, la piscina se limpia con regularidad, pero ya te he dicho que hay trajes de baño disponibles.

Luc se había movido y estaba delante de la puerta abierta que daba al jardín. Jesse pudo verlo de cuerpo entero y se fijó en el viril bulto que se adivinaba debajo de la toalla.

–Creo que prefiero nadar desnudo –insistió él.

Y después desapareció en la oscuridad.

Jesse parpadeó al ver que se encendían las luces que había alrededor de la piscina. Vio la figura alta de Luc, cómo dejaba caer la toalla blanca. Y entonces lo oyó zambullirse en el agua.

Ella se dio la media vuelta y fue hacia su habitación casi corriendo. Cerró la puerta con firmeza y respiró hondo. Tenía el corazón acelerado. ¿Por qué le afectaba tanto aquel hombre? El momento era el menos apropiado. Iba a necesitar más que nunca su armadura de frialdad para poder sobrevivir a los siguientes días en su compañía y conseguir la destrucción de su padre.

Se apartó de la puerta y, mientras oía moverse el agua, fue a abrir su maleta y sacó de ella el teléfono. Consultó su correo electrónico y recibió la noticia de que Luc Sanchis había retirado su oferta a JP O'Brien.

Le dio gracias en silencio al topo que tenía en O'Brien, una mujer a la que su padre había acosado sexualmente, pero que tenía demasiado miedo a perder su trabajo si lo denunciaba. Jesse le había prometido darle trabajo cuando O'Brien se hundiese.

Apagó el teléfono y volvió a ponerlo en lugar seguro. Luego respiró hondo. Ya no se oía nadar a Luc. Este podía estar en cualquier parte, pero no podía escapar.

Entró en el cuarto de baño para darse una ducha antes de acostarse e intentó no fijarse en que tenía los ojos brillantes y las mejillas sonrosadas y, mientras se duchaba, intentó no imaginarse a Luc Sanchis recién salido de la piscina, desnudo y con el agua corriendo por sus fuertes músculos...

Luc se quedó a un lado de la piscina, con una toalla grande en la mano, dejando que el agua cayese de su cuerpo al suelo. El aire fresco de la noche no lo molestó. Tenía la piel de gallina, pero no tenía frío, sino más bien todo lo contrario.

Frunció el ceño un instante al darse cuenta de que no era capaz de controlar su cuerpo. Bajó la vista y vio, casi divertido, que estaba excitado.

Había querido ir a la cocina a provocar un poco a la señorita Mojigata. No había esperado que sus sonrojos y turbaciones lo excitasen tanto.

Le había resultado demasiado atractiva, descalza y con unos vaqueros ajustados, con una camiseta ancha que dejaba al descubierto uno de sus hombros y el tirante blanco del sujetador. Y su aroma... tan inadecuado para una mujer tan remilgada como aquella... lo había inflamado todavía más. Le había hecho pensar en una escena muy erótica en la que ella habría estado tumbada desnuda en un suntuoso diván.

En sus fantasías tenía el pelo largo, que le caía sobre los hombros y los pequeños pechos, cuyos pezones imaginaba como duras y rosadas frambuesas.

Gimió de frustración al darse cuenta de que estaba pensando en ella otra vez. Se frotó con la toalla y dio gracias en silencio al notar que empezaba a controlar su libido. Se puso la toalla alrededor de la cintura y apagó las luces antes de volver hacia la casa.

La luz de la cocina todavía estaba encendida, pero Luc estaba seguro de que ella ya no estaría allí, y su presagio quedó confirmado cuando se apagó una luz en una de las habitaciones que había debajo de la suya.

Sonrió al pensar que Jesse Moriarty cada vez tenía más delitos en su haber. El último: hacer que la desease.

A la mañana siguiente Jesse estaba de mal humor porque no había dormido bien. A pesar de sufrir insomnio y de llevar años durmiendo mal, estaba acostumbrada a rendir más a primera hora de la mañana.

Juró en voz alta al ver que salía humo de la tostadora y que saltaba la alarma de la cocina. Estaba intentando sacar la tostada cuando le pareció oír:

–¿Qué ocurre?

Justo antes de que la quitasen del medio para que Luc se ocupase de la tostada con mucha más destreza que ella.

A pesar del olor a quemado, Jesse no pudo evitar aspirar su olor a limpio, a cítrico, y la reacción física fue instantánea. Retrocedió más y lo vio sacudir un paño de cocina justo debajo de la alarma. Se le había levantado la camiseta, dejando al descubierto su vientre firme, cubierto por una tentadora línea de bello oscuro que se escondía debajo de los vaqueros que llevaba puestos. Sus pies descalzos, fuertes y con los dedos también cubiertos de bello, hicieron que Jesse se pusiese tensa.

Y entonces la alarma dejó de sonar, dejando una especie de eco residual en sus oídos mientras volvían a acostumbrarse al silencio. Y se oyó cantar a un pájaro fuera.

Jesse tragó saliva y miró a Luc, que tenía una ceja arqueada y la estaba mirando mientras sujetaba la tostada quemada con dos dedos.

–No pensé que se pudiera quemar una tostada en un tostador. Es evidente que programar y secuestrar se te da mejor que esto.

Jesse frunció el ceño y le arrebató la tostada. No iba a admitir ninguna debilidad delante de él, así que la puso en un plato y la llevó a la mesa, donde la esperaba una humeante taza de café.

–No soy de paladar fino. Y da la casualidad de que me gustan las tostadas quemadas –le dijo mientras su estómago protestaba ante la idea de que fuese a comerse aquello.

Le dio un mordisco y miró a Luc, que se encogió de hombros como si le aburriese su actuación.

–Perdona que no te acompañe, prefiero la comida menos hecha.

Ella hizo un esfuerzo para masticar el pan quemado mientras veía cómo Luc sacaba de la nevera huevos, salmón y leche, entre otras cosas. Y siguió observando cómo silbaba y se preparaba un delicioso desayuno. Al parecer Luc no se iba a morir de hambre en la isla.

–Hay café hecho –le dijo ella, divertida al ver aquella faceta de semejante hombre.

Él hizo una pequeña mueca al olerlo y lo tiró por el fregadero antes de preparar otra cafetera.

–No te ofendas, pero me parece que se te da tan bien como las tostadas.

Inexplicablemente, aquello dolió a Jesse. Se había acostumbrado a comer de bote o a calentar comidas precocinadas y odiaba que alguien lo considerase una carencia en su vida. Una carencia mundana y femenina. Le hacía pensar en su madre, a la que le había encantado cocinar, sobre todo platos irlandeses, que luego le daba a ella mientras le contaba historias de cuando era pequeña y vivía en el campo, en Irlanda...

A Jesse no le dio tiempo a levantarse y escapar. Luc se sentó a la mesa con su desayuno y, curiosamente, ella sintió la necesidad de quedarse allí.

Aquel desayuno tenía tan buena pinta que a Jesse se le hizo la boca agua y el olor a café recién hecho provocó el rugido de su estómago.

Avergonzada, deseó que Luc no lo hubiese oído, pero este levantó la vista:

–Sírvete un café y, si quieres, han quedado huevos y salmón.

–No creo que quieras compartir la comida con tu captora –respondió ella.

Luc se limitó a encogerse de hombros y entre bocado y bocado comentó:

–Solo estoy intentando sacar el mejor provecho

de una mala situación. Y si yo puedo ser agradable, tú también. Al fin y al cabo, el que está aquí por coacción soy yo.

Jesse se sintió avergonzada, pero se contuvo para no disculparse. Por increíble que fuese, el hombre que quería salvar a su padre, al hombre más corrupto del planeta, estaba consiguiendo hacer que se sintiese mal.

–¿No intentaste escapar anoche?

Luc terminó de masticar el último bocado y la miró. Bebió café y dejó la taza en la mesa.

Luego negó con la cabeza.

–No, ya sabes que no. Habrían saltado las alarmas y nos habrían roto los tímpanos –respondió–. Tengo este mismo sistema de seguridad en varias de mis propiedades y sé cómo funciona.

–Ah –dijo Jesse, sorprendida por no tener ganas de marcharse de allí y por estar tan cómoda con el hombre al que había secuestrado el día anterior–. ¿Dónde has aprendido a cocinar?

La expresión de Luc cambió de repente y se tornó oscura y misteriosa. Jesse lo miró todavía con más curiosidad.

Luc observó a la mujer que tenía delante. Había vuelto a ponerse una camiseta amplia, pero de manga corta, que dejaba al descubierto sus brazos delgados y sus minúsculas muñecas y manos. Se imaginó aquellas manos alrededor de cierta parte de su anatomía y toda la sangre del cuerpo le bajó a la misma. Se maldijo.

La ira lo impulsó a responder a su pregunta.

–Aprendí a cocinar porque mi padre falleció

cuando yo tenía doce años y mi madre se derrumbó. Tuve que cuidar de ella y de mi hermana pequeña.

Vio palidecer y abrir mucho los ojos a Jesse. Como si aquello le importase.

Eso lo enfadó todavía más, así que continuó:

–Mi hermana tenía... tiene unas necesidades especiales. Le faltó oxígeno al nacer y, como resultado, tiene una lesión cerebral. Cuando mi padre falleció y mi madre cayó enferma solo tenía ocho años y la situación la aterró. Así que yo intenté establecer unas rutinas en las que estaban incluidas las comidas. También tiene algo de autismo, así que cualquier cambio en su rutina era mucho peor para ella que para cualquier otra persona con las mismas necesidades... aunque ahora está mucho mejor.

«Porque ahora puedo permitirme los mejores cuidados», pensó Luc.

–Lo siento. Debió de ser una época muy dura –comentó Jesse con voz ronca.

–La más dura –admitió él.

Y, de repente, se sintió desprotegido, allí sentado, hablándole a Jesse Moriarty de la peor época de su vida, cuando su ira lo había convertido en una persona ambiciosa y con sed de justicia.

–¿Y cómo es que tú no sabes cocinar? Porque doy por hecho que esa tostada quemada es solo la punta del iceberg.

# Capítulo 5

DE REPENTE, Jesse se sintió muy vulnerable y se preguntó si Luc se habría inventado aquella historia, pero entonces recordó la intensidad de su rostro y de su mirada y tuvo que creerlo aunque no le gustase haber sentido compasión por él.

Bajó la vista a su plato y empezó a hablar.

–Mi madre murió cuando yo tenía nueve años. Era una cocinera maravillosa, pero todavía no había empezado a enseñarme... Siempre me decía que lo haría, pero nunca encontrábamos el momento. Estaba demasiado ocupada...

Jesse recordó a su madre corriendo de un lado a otro, estresada, con el rostro colorado y sudoroso mientras intentaba preparar una cena organizada casi sin previo aviso por su padre.

En una ocasión en la que no le había salido bien, su padre había bajado con el rostro enrojecido por el alcohol y le había dado semejante bofetada que la había tirado contra la mesa de la cocina. Jesse se había despertado con el ruido de los platos y las cazuelas al caer al suelo.

Desorientada después de haber recordado aquel momento, Jesse hizo un esfuerzo por volver a centrarse en la conversación.

–Así que nunca aprendí... Y en el colegio se me daba fatal la asignatura de hogar.

–¿Pero eras brillante en informática y matemáticas?

Jesse miró a Luc y se encogió de hombros.

–Para mí tenían más sentido que coser o cocinar.

–¿Y tu padre?

Jesse intentó no cambiar de expresión.

–Nunca lo conocí –respondió con voz tensa.

En realidad era cierto. No lo había conocido como se conoce a un padre.

De repente se dio cuenta de que Luc se estaba moviendo y levantó la vista, un poco desorientada, y lo vio sirviéndose más comida.

–¿Estás segura de que no quieres?

Jesse negó con la cabeza y se dio cuenta de que estaban allí charlando con relativa comodidad. Cuando Luc volvió a sentarse ella se levantó y llevó su plato al fregadero. Se sentía irritable y, lo peor, tenía ganas de llorar.

Salió de la cocina sin decirle nada a Luc y no respiró hasta que no entró en el despacho y supo que había desaparecido de su vista.

Se acercó a la ventana y observó el increíble jardín que había en el lateral de la casa. Se cruzó de brazos y se dijo que tenía que tener cuidado para no confiar en aquel Luc Sanchis tan civilizado. Tampoco debía conmoverse con sus historias acerca de una dura niñez. El corazón le hacía cosas raras cuando se lo imaginaba cuidando de su hermana pequeña.

Tenía que recordar que Luc estaba dispuesto a hacer cualquier cosa para salir de aquella isla con tiempo para salvar O'Brien. Y era evidente que tramaba algo.

Esa noche, Luc estaba sentado en una silla en la terraza que había fuera de la cocina. Se acababa de comer un filete con salsa bearnesa y una ensalada y estaba bebiéndose una copa de vino. Muy a su pesar tuvo que admitir que aquella inactividad forzada no estaba tan mal. Hacía tanto tiempo que no estaba relajado ni tenía tiempo para cocinar que casi se le había olvidado lo mucho que disfrutaba haciéndolo.

Frunció el ceño. Al mismo tiempo odiaba no controlar la situación. Cuando había visto a Jesse marcharse con toda tranquilidad de la cocina esa mañana había deseado tirar la taza de café contra la pared. Había deseado romper la coraza que parecía rodearla constantemente.

Aquella mujer le hacía sentir todo tipo de cosas y, aunque odiase admitirlo, la ira no era la emoción más fuerte.

Oyó un ruido y se giró. Jesse estaba en la cocina. Había estado todo el día evitándolo y tenía la impresión de que era porque ambos habían hablado más de la cuenta esa mañana.

Jesse se había puesto tensa cuando él le había preguntado por su padre, así que ya sabía un tema en el que tenía que ahondar para ponerla nerviosa.

Era evidente que no lo había visto en la terraza, así que la observó mientras abría la nevera y sacaba el cuenco con salsa bearnesa que él había preparado. La vio olerlo y no pudo evitar sonreír al ver su expresión. Sintió curiosidad con lo que haría con los ingredientes que había en la nevera, y casi le dio pena ver que se rendía y tomaba un yogur.

Tenía que estar muerta de hambre y a Luc no le gustó el instinto protector que despertaba en él. Ya lo había despertado antes otra mujer y casi le había costado su reputación y su carrera, así que no podía relajarse con alguien todavía más peligroso.

Se levantó en silencio y se apoyó en el marco de la puerta de la cocina.

–¿Dónde has estado escondiéndote todo el día? Te he echado de menos.

Jesse se puso tensa al oír aquella voz burlona, pero se obligó a comportarse con frialdad a pesar de que, en esos momentos, se sentía como si la víctima fuese ella y no Luc Sanchis.

La cocina olía a algo delicioso y Luc debía de sentirse satisfecho al verla muerta de hambre.

–Me he preparado un filete. No te he preguntado si querías porque, aunque te parezca anticuado, no creo que un prisionero tenga que preocuparse de alimentar a su secuestrador.

Jesse se ruborizó e intentó no pensar en el hambre que tenía. ¿Por qué tenía que ser aquel hombre tan buen cocinero? ¿Por qué no podía ser tan inútil en la cocina como casi todos los demás?

–No te pongas tan tensa –añadió él, desapareciendo un instante para volver a aparecer con una botella de vino y una copa–. ¿Quieres un poco?

Ella negó con la cabeza y le preguntó:

–¿Por qué estás tan contento?

Luc se tomó el tiempo de servirse más vino y luego entró en la cocina y dejó la botella en la encimera. Bebió.

–Como te he dicho esta mañana, estoy intentando sacarle provecho a la situación. ¿Qué otra cosa puedo hacer, salvo comer bien y relajarme?

Jesse recordó haberlo visto esa tarde tumbado en una hamaca entre dos árboles, con el pecho desnudo, leyendo un libro.

Se había quedado hipnotizada con la imagen y había empezado a sudar antes de darse cuenta de lo que estaba haciendo y alejarse de allí. Retrocedió enfadada.

–No soy una inútil. Puedo prepararme un sándwich o... algo.

Abrió la nevera y vio un trozo de pan. Lo sacó y tomó también algo de queso y mostaza. Decidida a demostrarle a Luc que podía hacerse algo de comer, tomó una tabla y un cuchillo y empezó a cortar el pan.

Tal vez fuese porque Luc la estaba mirando, o porque era zurda y por eso siempre se le había dado mal cortar cosas, el caso es que se le escapó el cuchillo y se cortó el dedo pulgar.

De repente, Luc le agarró la mano y la llevó al fregadero. La sangre hizo que Jesse se sintiese aturdida, sobre todo cuando Luc le metió el dedo bajo el grifo y la vio correr por el fregadero.

Empezó a sudar y contuvo las náuseas. Siempre le había asustado la sangre, desde que la había visto en el suelo, procedente de los verdugones de su espalda y sus piernas.

Notó que le temblaban las piernas y sintió, más que vio, que Luc la miraba de reojo.

–¿Qué te pasa? Es solo un corte.

A Jesse le costó responder.

–La sangre. No soporto la sangre.

Sus piernas cedieron justo mientras Luc juraba y luego notó que la tomaba en brazos y la llevaba a una silla. Una vez sentada, la obligó a meter la cabeza entre las piernas.

–Respira hondo –le ordenó.

Jesse se dio cuenta de que le estaba haciendo algo en el dedo, vendándoselo o algo así. Poco a poco estaba empezando a sentirse mejor.

Notó que Luc se apartaba e hizo un intento de levantarse, pero este la regañó:

–Quédate sentada hasta que yo te lo diga si no quieres volver a marearte.

Jesse no dijo nada, solo obedeció, demasiado avergonzada para levantarse, demasiado asustada para mirar a Luc a la cara. Ni siquiera era capaz de cortar un trozo de pan sin casi rebanarse un dedo, y había estado a punto de desmayarse. Por si fuese poco, la aterraba el modo en que había respondido su cuerpo al tenerlo tan cerca cuando la había llevado hasta la silla.

Vio aparecer sus pies descalzos en su línea de visión y oyó que dejaba algo encima de la mesa, detrás de ella. Notó que la levantaba. La cabeza le dio vueltas un instante, pero luego se aclaró. Luc la estaba mirando, estaba buscando su rostro.

Jesse notó calor en las mejillas. Luc giró la silla y ella vio un plato con un sándwich de carne y un vaso de agua.

Luc se sentó en la silla que había a su lado y le hizo un gesto.

–Venga, come. Necesitas meterte algo en el estómago.

Ella vio entonces que le había puesto una tirita en el dedo. Le dolía un poco, pero no había ni rastro de sangre, gracias a Dios.

Miró el sándwich y después a Luc.

–Lo... siento. No sabía...

–Come.

La voz de Luc era demasiado agradable e hizo que Jesse se sintiese rara. Tomó el sándwich y empezó a comer. Estuvo a punto de cerrar los ojos para saborear la deliciosa carne. Nunca había probado algo tan suculento y tierno. Lo terminó en un tiempo récord y después dio un largo trago de agua antes de limpiarse los labios con una servilleta.

Luc la estaba observando casi como si estuviese hipnotizado. Sacudió la cabeza.

–Cómo comes, con lo pequeña que eres.

Ella volvió a ruborizarse.

–Que no cocine no quiere decir que no tenga buen apetito.

Luc sintió deseo mientras se preguntaba si Jesse tendría también otros apetitos más carnales.

Entonces la vio levantarse bruscamente y llevar las cosas al fregadero. Dudó un instante, como si temiese que quedasen restos de sangre, pero él la había limpiado bien.

No le gustó el modo en el que se le acababa de encoger el corazón. La línea de la espalda de Jesse parecía desde allí increíblemente delicada y su mirada bajó hasta los pantalones cortos que se había puesto esa tarde. Tenía la piel de las piernas suave y clara. Y entonces vio otra cosa: una larga línea que le bajaba hasta la rodilla, una cicatriz.

Entonces Jesse se giró y él levantó la vista. El rostro de ella era como una máscara y Luc tuvo que hacer un gran esfuerzo para no preguntarle por la cicatriz. Jesse había vuelto a ponerse la armadura y él no podía desear más levantarse e ir a besarla.

Y le sorprendió querer hacerlo para desconcertarla, con vistas a poder salir de aquella isla, pero también porque le apetecía.

Se levantó para marcharse y vio cómo, durante unos segundos, los ojos de Jesse se abrían más y se oscurecían.

Él se dirigió hacia la puerta e iba a salir de la cocina cuando la voz de Jesse lo detuvo.

–¿Luc?

Era la primera vez que lo llamaba por su nombre. Se obligó a darse la vuelta y mirarla.

Ella se mordió el labio y luego le dijo:

–Gracias...

–De nada –respondió él en tono enfadado.

Se sentía mal porque era como si estuviese huyendo, pero fue a encerrarse en su habitación.

Jesse se apoyó contra el fregadero con la vista clavada en la puerta. Luc Sanchis acababa de ser encantador con ella. Nadie la había tratado tan bien desde la muerte de su madre.

Se maldijo en silencio. No quería que aquel hombre le cayese bien. Sacudió la cabeza y se puso a lavar los platos, el suyo y el de Luc, con cuidado para que no se le mojase el dedo.

Cuando terminó se miró el reloj y, sorprendida,

vio que eran más de las diez de la noche. De repente se sintió cansada, pero supo que no se dormiría aunque se fuese a la cama.

Así que fue al salón y sonrió al encontrar unos videojuegos que debían de pertenecer a los hijos de los Kouros. Se puso cómoda y se dispuso a jugar a uno de sus favoritos.

Luc había vuelto a su habitación, se había dado una ducha y se había tumbado en la cama solo con la toalla. Intentó resistirse, pero no pudo: recordó cómo se había apoyado Jesse contra él cuando se había desmayado al ver la sangre.

Su reacción lo había sorprendido.

Todavía podía sentir sus pequeños y firmes pechos contra el de él. Le había visto el escote al dejarla en la silla y se había sentido como un adolescente.

Apretó las manos contra la erección que crecía en contra de su voluntad y apretó los dientes. Después de veinticuatro horas secuestrado era consciente de que la atracción y la frustración iban a aumentar.

Era una mujer que, en circunstancias normales, no le habría atraído tanto, pero en esos momentos lo hacía. Y eso lo ayudaría a conseguir su objetivo. La seduciría hasta que le confesase los secretos que había detrás de aquellos ojos grises. Y después, cuando más vulnerable estuviese, ya no podría negarle nada. Mucho menos la libertad.

Cuando Luc se despertó al amanecer seguía encima de la cama, envuelto en la toalla.

Se dio otra ducha rápida, se puso los vaqueros del día anterior y una camiseta limpia y frunció el ceño ante el armario.

Era la primera vez que una mujer le compraba ropa. Él sí había comprado ropa y joyas a mujeres, y se preguntó cómo era posible que les gustasen tanto, si a él le hacía sentirse sucio. Pensó que las mujeres a las que había hecho regalos nunca habían parecido sentirse sucias con ellos, pero podía imaginarse la cara de asco de Jesse Moriarty si le hacía un regalo así... y no le gustó lo que eso le hizo sentir.

Cerró las puertas del armario y bajó descalzo a la cocina. En otras circunstancias habría disfrutado mucho de aquella casa y de la soledad. Era una pena estar confinado a su valla de seguridad y aislado así del mundo.

Pasó por delante del salón y vio un pequeño pie colgando del sofá.

Se detuvo y entró. Jesse estaba dormida, con unos cascos puestos. A su lado, en el suelo, había un mando, y la televisión estaba encendida, pero no había nada en la pantalla.

Se conmovió al verla, despeinada, sonrojada y con una deliciosa mueca en los labios. Se le había subido la camiseta y se le veía la delicada y pálida piel del vientre.

Luc se inclinó y le quitó los cascos de las orejas. Ella se movió y susurró algo que Luc no pudo entender. Sin pensarlo, la tomó en brazos y le apretó contra su pecho.

* * *

Jesse sintió que se elevaba y se apoyaba contra algo duro. La sensación no era del todo desagradable. Y entonces notó un pecho duro bajo la mejilla, y un aliento cálido y mentolado en la frente. Aturdida, abrió los ojos y vio que estaba en brazos de Luc Sanchis. Intentó zafarse, pero no sirvió de nada porque seguía medio dormida.

–Estate quieta. Solo te estoy llevando a la cama.

Cuando llegaron a su habitación Jesse ya estaba completamente despierta. Luc la dejó en la cama y, para su desgracia, no retrocedió. Se quedó encima de ella, apoyándose en las manos, demasiado cerca.

–Yo... gracias. He debido de quedarme dormida –le dijo con voz ridículamente ronca.

«Por favor, aléjate de mí», pensó después, aterrada por la respuesta de su propio cuerpo, que la instaba a agarrar a Luc de la camiseta y acercarlo más para poder...

Como si le hubiese leído el pensamiento, Luc se acercó más y entonces... como no podía moverse, casi sin aliento, esta le preguntó:

–¿Qué estás haciendo?

–Estoy comprobando una cosa –respondió él.

Y entonces se acercó todavía más y, a pesar de que todavía no la estaba tocando, a Jesse se le nubló la visión y tuvo que cerrar los ojos. Pero eso fue todavía peor porque entonces lo olió.

Era consciente de que estaba en la cama con Luc Sanchis cerniéndose sobre ella, pero no podía hacer nada porque su cuerpo parecía estar invadido por un horrible letargo.

Notó un roce, de los labios de Luc en la comisura de su boca, antes de que le recorriese la mandíbula a besos y bajase después por el cuello.

Y, de repente, se alejó. Jesse abrió los ojos y vio a Luc mirándola con satisfacción, con los brazos en jarras. Entonces se dio cuenta de que todavía llevaba el pelo húmedo de la ducha y notó que se le encogía el estómago.

Se sentó con torpeza, todavía aturdida, y luego se puso en pie y se cruzó de brazos.

–¿Qué demonios estás haciendo?

Él la agarró de las muñecas y le descruzó los brazos.

–Déjame –protestó Jesse.

–Lo que he hecho es demostrarte que me deseas –razonó él.

Jesse intentó soltarse de nuevo.

–No seas ridículo –le dijo enfadada–. Eres el último hombre de la Tierra al que desearía. Tal vez tengas razón. Tal vez sea gay.

En esos momentos, habría dicho cualquier cosa para hacerlo retroceder.

–¿De verdad? –le preguntó Luc, bajando la mirada a sus pechos.

Y, horrorizada, Jesse se dio cuenta de que se le endurecían los pezones.

–Pues yo no creo que lo seas –le dijo él, soltándole una mano para tomar uno de sus pechos y acariciárselo a través de la fina tela de la camiseta.

Jesse tardó un momento en darle un manotazo y ponerse fuera de su alcance.

–Sal de mi habitación –le dijo con voz temblorosa.

Luc sonrió y levantó las manos en señal de paz, pero al mismo tiempo retrocedió.

–Esto solo es culpa tuya, Jesse. Es culpa tuya que estemos los dos en esta isla, solos en esta casa.

Jesse volvió a cruzarse de brazos y espetó:

–La casa es lo suficientemente grande para los dos. No te preocupes, me mantendré alejada de ti.

Luc sonrió todavía más.

–Voy a preparar el desayuno, ¿me acompañas?

Jesse hizo entre dientes un comentario infantil acerca de que prefería comer gusanos, y Luc salió por fin de su habitación. Ella fue a cerrar la puerta y entonces se relajó.

Deseó poder echar el cerrojo, pero no era una opción. Tenía tanta fobia a las estancias cerradas como a la sangre, todo gracias a su padre...

Contuvo la repentina emoción que la invadía y fue al cuarto de baño, se desnudó y se metió debajo de la ducha.

Luc Sanchis estaba jugando con ella porque ella había sido tan tonta que había permitido que se diese cuenta de que eso la afectaba. Esa era su única arma e iba a utilizarla.

Pero ella no iba a permitir que la engañase. Sabía que en realidad no le gustaba. Había visto en Internet el tipo de mujeres que le gustaban: pechugonas, glamurosas y seguras de sí mismas. Llenas de esa belleza femenina innata que ella jamás emularía.

Levantó el rostro hacia el chorro de agua para evitar pensar en cómo eso la hacía sentirse.

Jesse consiguió evitar a Luc durante el resto de aquel día y aquella noche. Sin saber muy bien cómo, pero el caso era que se sentía aliviada.

Había bajado a la cocina y había comido las sobras de la comida de Luc, que había dejado en una bandeja tapada en la encimera. Jesse prefería no pensar que la había dejado allí para ella a pesar de tener la incómoda sensación de que así era.

Durante el día, la magnitud de lo ocurrido esa mañana había ido aumentando en su cabeza, así que por la noche no pudo dormir. Se levantó dos veces a darse una ducha. E incluso pensó en bajar a la piscina, pero no lo hizo por miedo a encontrarse con Luc.

A la mañana siguiente estaba completamente agotada. Se dijo a sí misma que se estaba comportando como una tonta. Luc estaba jugando con ella, intentando ponerla nerviosa. Solo tenía que volver a ponerse la armadura que tan buen papel le había hecho a lo largo de los años.

Se vistió con unos vaqueros y una camisa, abrochada hasta arriba, y fue a la cocina, preparada para encontrarse con él. Y, cuando lo hizo, todas sus buenas intenciones se convirtieron en una neblina de calor. Estaba de espaldas a ella y solo llevaba puestos unos pantalones cortos. Su espalda morena era perfecta y Jesse no pudo evitar clavar la vista en ella. Luc estaba silbando, con un paño de cocina en el hombro, y estaba preparando algo que olía deliciosamente.

# Capítulo 6

LUC sintió la presencia de Jesse a sus espaldas y algo explotó en su pecho mientras hacía un esfuerzo para no girarse.

Jesse lo había evitado durante todo el día anterior, lo que significaba que había conseguido ponerla nerviosa. Apretó los labios. Él también había estado nervioso después de lo ocurrido en su habitación.

Vio moverse algo al lado de su pie y se agachó. Al incorporarse, se giró y fingió sorpresa.

Jesse no se creyó la expresión del rostro de Luc, pero vio que tenía algo peludo en la mano, apretado contra el pecho. Y la curiosidad venció a la cautela en un instante.

–¿Qué es eso?

Luc miró al animal y después a ella.

–Es un gatito. Lo encontré ayer vagando por el jardín, así que le di leche y no ha vuelto a marcharse.

Jesse no pudo evitar acercarse. Su madre y ella habían tenido una gata que, en una ocasión, había tenido una camada de gatitos. Cuando su padre se había enterado, se los había llevado a todos y le había dicho que iba a meterlos en un saco y tirarlos al río. Jesse no sabía si lo había hecho o no. Aunque era probable que sí. De hecho, había hecho cosas mucho peores que esa. Después de aquello, ella se había pasado un mes entero llorando antes de dormirse por las noches.

Sin darse cuenta, empezó a acariciar el pelo gris del animal, que estaba muy desnutrido.

–¿Dónde está la madre? –preguntó con voz ronca, demasiado emocionada para mirar a Luc.

Este se encogió de hombros.

–Ha debido de morir, si no, habría venido a buscarlo. Tómalo tú mientras yo termino de preparar el desayuno.

Le dio al gatito y Jesse lo apretó contra su pecho.

–Estoy haciendo una tortilla. ¿Vas a querer un poco?

Jesse lo miró y, después de haberlo visto tratando al animal con tanta ternura, respondió:

–De acuerdo... si hay suficiente para los dos.

Jesse vio que en un rincón había puesto una caja de cartón con un papel en el fondo y un cuenco con leche, para el gatito.

–Hay de sobra –respondió él, dándole la espalda.

Jesse se sentó y siguió acariciando al animal, que estaba ronroneando contento. A ella se le encogió el corazón. Aquello era lo último que había esperado cuando se había preparado mentalmente para volver a ver a Luc.

Un par de minutos después, este llevó a la mesa la tortilla más esponjosa que había visto Jesse en toda su vida, acompañada de tostadas con mantequilla.

–¿Por qué no dejas a Rayitas en su caja mientras desayunamos?

A ella le costó dejar al animal, pero se obligó a hacerlo.

–¿Rayitas?

–Bueno, es gris con rayas...

Jesse se sentó e intentó no mirar el ancho pecho de Luc. Era evidente que estaba haciendo aquello a propósito, pero ella no iba a reaccionar, aunque ya tuviese calor y estuviese deseando desabrocharse la camisa.

–A mí me gusta más Tigger.

Al no obtener respuesta, Jesse levantó la vista. Luc estaba masticando. Tragó.

–¿Tigger?

Ella se sintió como una tonta.

–Ya sabes... como Tigger, el amigo de Winnie The Pooh.

–¿Ese no era naranja?

Jesse se encogió de hombros, avergonzada, deseando no haber dicho nada. Tomó un bocado de tortilla y tuvo que contenerse para no gemir de placer. Se deshacía en la boca.

–No sé por qué no puede llamarse Tigger también. ¿Por qué tiene que ser naranja? –preguntó. Luego levantó la vista y miró a Luc–. Da igual. Es solo un gato...

Luc vio cómo volvía a bajar la cabeza. Era fascinante. El gato la había conmovido tanto que había conseguido que se relajase. Sabía que verlo con el torso desnudo la había afectado, pero lo había hecho a propósito para desequilibrarla lo máximo posible.

Y habría funcionado si no hubiese sido por el

gato. Jesse se había transformado al verlo y él no había conseguido el efecto buscado.

Cada vez más tenso, terminó de desayunar y se quedó mirando cómo comía ella. Le enterneció pensar que la noche anterior se había comido las sobras que le había dejado.

Se maldijo. Cualquiera habría pensado que la víctima era ella. ¡Había llegado el momento de revolverla un poco!

Se inclinó hacia delante mientras ella se limpiaba la boca con la servilleta y le dijo:

–Seis noches más, Jesse.

Ella apoyó la espalda en la silla y apartó ligeramente el plato, tensa y cautelosa, evitando mirarlo a los ojos.

–¿De qué estás hablando?

–Estoy hablando de que quedan seis noches más en esta casa antes de que me dejes marchar.

Jesse hizo un esfuerzo por recuperar el equilibrio que el gatito le había hecho perder y respondió:

–¿Y?

–¿Que si vas a seguir sin admitir lo mucho que te gusto?

Jesse soltó una risotada y se levantó bruscamente para recoger el plato de Luc y el suyo propio. Fue al fregadero y se puso a lavarlos. Y uno de ellos se le volvió a caer en el agua sucia cuando notó una enorme y cálida presencia a sus espaldas y vio que dos brazos masculinos y desnudos se apoyaban en la encimera para atraparla.

El calor y el olor de Luc la invadió y a Jesse se le aceleró el corazón.

Luc se acercó más y le susurró al oído:

–Admítelo, Jesse, me deseas...

Jesse se giró y lo fulminó con la mirada.

–Eso no es cierto, Luc Sanchis. Te estás engañando a ti mismo. ¿Acaso te crees un regalo de Dios para las mujeres? Pues no lo eres.

Y dicho aquello pasó por debajo de sus brazos y se alejó, pero Luc la agarró de la muñeca.

–¡Maldita seas, Jesse! ¿Por qué es tan importante para ti hacerte con O'Brien?

Sorprendido, vio que a Jesse se le humedecían los ojos.

–No te lo voy a contar. No es asunto tuyo –respondió esta.

Luc la soltó, pero después puso ambas manos en sus brazos y la apretó contra su cuerpo.

–Es asunto mío desde el momento en que me has traído aquí y no me dejas marcharme.

Jesse lo miró a los ojos y se dio cuenta de que estaba muy enfadado. Ella tenía el corazón tan acelerado que se sentía aturdida. Tan aturdida que estaba deseando que la besase.

Hizo un enorme esfuerzo y se zafó de él.

–Mantente alejado de mí, Luc Sanchis...

–Qué comportamiento tan maduro, Jesse. ¿Vas a volver a esconderte en tu habitación veinticuatro horas más?

Jesse se dio la media vuelta y se marchó. No subió a su habitación para no darle la razón. Tomó las llaves del todoterreno y lo arrancó. Salió de la finca y volvió a cerrar las puertas, dejando a Luc encerrado. Y la sensación que tuvo al alejarse de la casa fue de culpabilidad.

Por fin llegó a la pista de aterrizaje y paró. Bajó y se quedó bajo el brillante sol de la mañana, respirando hondo.

Lo cierto era que no sabía si iba a aguantar otra semana más con Luc atormentándola. ¿Por qué no podía ser inmune a él?

Estaba temblando. Emocionada. Había mantenido sus emociones bloqueadas durante tanto tiempo que casi no reconoció la sensación hasta que no tuvo el rostro lleno de lágrimas.

Hacía años que no lloraba. No había llorado desde la muerte de su madre.

Se limpió las lágrimas y se sonó la nariz. Tenía que recuperarse. Eso era exactamente lo que Luc quería conseguir: desestabilizarla para que lo dejase marchar. Pero estaba demasiado cerca de su meta y no podía rendirse en esos momentos.

Respiró hondo varias veces más, se subió otra vez al coche y luego dio la vuelta para volver a la casa.

Luc había terminado de nadar y estaba volviendo hacia la casa por el jardín con una toalla enrollada al pecho cuando la vio a lo lejos, sentada con las piernas cruzadas delante de la puerta de la cocina, jugando con el gatito. Casi le entraron ganas de echarse a reír: su secuestradora casi no podía dar una imagen más benigna.

Siguió andando y la vio ponerse tensa. Se maldijo. No sabía por qué tenía que sentirse tan mal por haberla visto marcharse tan afectada de la cocina un rato antes.

Cuando llegó a su lado, la oyó preguntarle sin levantar la vista:

–¿Sirve nuestra leche para Tigger?

El hecho de que dijese «nuestra» le hizo reaccionar. Jesse tenía la voz ronca, igual que su hermana después de haber llorado. ¿Habría llorado? Luc se puso tenso.

–No es la ideal, pero no tenemos otra cosa... Yo creo que es demasiado pequeño para tomar cosas sólidas.

El gatito había salido de las manos de Jesse para acercarse a sus pies. Luc se agachó y lo levantó con una mano. Luego se lo tendió y ella lo aceptó, todavía sin mirarlo a los ojos. Sus manos se tocaron un instante y Luc sintió una descarga eléctrica, se puso tenso.

Luego entró en la casa. Todo lo relativo a Jesse Moriarty lo ponía enfermo.

Jesse suspiró aliviada. Había conseguido salir del encuentro indemne porque no lo había mirado, pero no podía seguir comportándose así toda una semana.

Como tenía calor con los vaqueros y la camisa, decidió darse un baño. Dejó a Tigger con cuidado en su caja y fue a su habitación a ponerse el bañador. Estaba pasando al lado de la habitación de Luc cuando oyó un ruido. No pudo evitar mirar, ya que la puerta estaba abierta, y lo que vio fue un cuerpo moreno y musculado saliendo de la ducha. Completamente desnudo.

Se quedó inmóvil. No pudo apartar la vista de él. Nunca había visto nada tan perfecto.

Entonces se dio cuenta de que había dejado de respirar y tomó aire. Después cerró la puerta.

Justo antes de hacerlo, oyó a Luc decir:

–Has sido tú la que se ha parado a mirar.

Y ella bajó corriendo a la piscina y entonces se dio cuenta de que se le había olvidado el traje de baño. Furiosa con Luc, y consigo misma, se desnudó y se metió en el agua.

No fue completamente consciente de lo que había hecho hasta que, agotada, dejó de nadar para tomar aire... y vio a Luc al lado de la piscina, con el pelo todavía húmedo, vestido con unos chinos y una camisa. Tenía un albornoz en la mano.

–Si hubiese sabido que ibas a bañarte desnuda, te habría esperado.

La reciente imagen de su cuerpo desnudo hizo que Jesse volviese a ponerse furiosa. Se tapó los pechos con una mano y alargó la otra con cuidado para que su cuerpo no sobresaliese del agua. Al menos estaba atardeciendo y la luz ya no era tan clara.

Luc fue hasta los escalones que había al otro lado de la piscina y allí extendió el albornoz. Para taparse, Jesse tendría que subirlos desnuda. Se maldijo. Era culpa suya por haber actuado como una adolescente al verlo desnudo.

–A mí me parece justo –le dijo él–. Tú ya me has visto desnudo.

–Porque has dejado las puertas abiertas para que te viese –replicó ella indignada.

Él sacudió la cabeza y rio suavemente, lo que enfadó a Jesse todavía más.

–¿De verdad piensas que lo he hecho a propósito para que me vieras?

Ella se ruborizó, lo cierto era que no pensaba que lo hubiese hecho intencionalmente.

–Venga –le dijo Luc–. Vas a enfriarte.

A Jesse ya le estaban castañeteando los dientes. La temperatura bajaba mucho por las noches en esa época. Todavía faltaban un par de meses para el verano. Apretó la mandíbula y, sintiéndose más expuesta que en toda su vida, subió los escalones de la piscina y tomó el albornoz que Luc tenía en las manos.

Él la ayudó y después le puso un dedo en la barbilla para obligarla a mirarlo a los ojos.

Luc se había quedado momentáneamente sin habla al ver el cuerpo femenino más perfecto que había visto en toda su vida.

Jesse lo miró con los ojos muy abiertos. Tenía el pelo echado hacia atrás, mojado, e iba sin maquillaje. Había emoción en aquellos ojos grises y Luc sintió que entraba en un lugar en el que no había estado nunca antes.

–Eres preciosa –le dijo sin pensarlo.

Se lo había dicho a muchas otras mujeres antes, pero nunca lo había pensado como lo pensaba en esos instantes.

Jesse enmudeció unos segundos. Estaba en trance.

El canto de un pájaro rompió el hechizo del momento y ella se sintió humillada. Aquel hombre merecía que le diesen un Oscar por su actuación.

Retrocedió.

–Aléjate de mí, Sanchis.

Y después se dio la vuelta y volvió a la casa, haciendo un esfuerzo para no correr.

Luc vio alejarse a la pequeña figura. La vio detenerse ante la caja de Tigger y tuvo que cerrar los puños al imaginársela acariciando al gatito. Quería que esas manos lo acariciasen a él.

No fue hacia la casa hasta que no supo que Jesse estaría en su habitación. Estaba seguro de que no volvería a verla esa noche. Se preguntó por qué era tan asustadiza. Debía de tener por lo menos veinticinco años, si no más...

Tenía que olvidar su idea de torturarla, solo estaba torturándose a sí mismo. Nunca una mujer lo había excitado tanto. Ni siquiera Maria, que lo había consumido día y noche durante semanas.

Aunque eso se había debido en parte a su juventud e inexperiencia, Luc no podía evitar sentirse humillado al recordarlo. Con Maria había pensado que tal vez no todo tenía por qué ser trágico y triste. Esta también había cautivado a Eva, su hermana.

Luc sintió náuseas al recordar el fatídico y horrible día en el que se había dado cuenta de lo ingenuo que había sido con Maria.

Esta le había preguntado cómo podía soportar tener a Eva como hermana y le había dicho que le daba asco que quisiera jugar con ella y tocarla.

Ese día, Luc se había sentido culpable por haber permitido que Maria se acercase a su hermana. Se acordó de ella y de su madre y, de repente, se sintió enfadado con Jesse, porque gracias a ella no podrían contactarlo aunque lo necesitasen.

Disgustado por ese motivo, y por cómo Jesse le hacía sentirse en general, subió las escaleras y llamó a su puerta.

Unos segundos después, Jesse abría la puerta. Acababa de salir de la ducha e iba vestida con otro albornoz y con una toalla en la cabeza. Su olor lo invadió y lo atrajo como el canto de una sirena y Luc no pudo evitar pensar en cuerpos desnudos y sudorosos.

Luchó contra aquello y le dijo:

–Tengo que llamar a mi contestador automático para ver si todo va bien y por si mi hermana y mi madre han intentado ponerse en contacto conmigo.

Jesse abrió la boca, pero antes de que le diese tiempo a hablar, Luc añadió:

–Será mejor que me dejes llamar, Jesse. O esto va a convertirse en algo más que una pugna por O'Brien. Si mi madre o mi hermana me necesitan y no consiguen localizarme, lo lamentarás durante el resto de tu vida.

Jesse lo miró a los ojos, oscuros y duros, y sintió un escalofrío. Era evidente que su madre y su hermana le importaban mucho. Por un instante, se preguntó cómo sería tener a alguien que la protegiese así.

–Está bien –murmuró–. Me parece justo, pero lo haremos a mi manera.

–De acuerdo.

–Me cambiaré y bajaré en un minuto.

Le cerró la puerta en las narices y se vistió con unos pantalones de camuflaje y una camisa. No se molestó en ponerse sujetador, se frotó el pelo para quitarse algo de humedad y salió. No le sorprendió encontrarse a Luc esperándola, de brazos cruzados, apoyado en la pared.

Bajó las escaleras delante de él y entró en el despacho, consciente de que no llevaba sujetador y arrepintiéndose de no habérselo puesto.

Se giró y miró a Luc.

–Espera ahí.

Cerró la puerta e hizo ruido con el cerrojo para que Luc pensase que lo había echado, y fue a sacar el teléfono de la caja fuerte. Lo encendió y desbloqueó, y volvió a hacer ruido con el cerrojo antes de abrir la puerta. Odiaba tenerle tanto pánico a los lugares cerrados.

Hizo un gesto a Luc para que entrase.

Él miró el teléfono y le preguntó:

–¿Qué me impide que te quite el teléfono y haga las llamadas necesarias para que me rescaten?

–Nada –admitió Jesse–, pero no irías muy lejos porque necesitas un código de seguridad de doce dígitos para hacer llamadas al exterior.

–Y supongo que no me lo vas a dar.

Jesse no respondió, solo levantó la barbilla, decidida a no permitir que la intimidase.

–Venga –le dijo él–. Márcalo.

Jesse introdujo el código antes de darle el teléfono a Luc, que marcó el número de su buzón de voz. Tomó un cuaderno y un bolígrafo y escribió varias cosas. Luego colgó y miró a Jesse.

–Tenía muchas llamadas de O'Brien, que me pregunta enfadado qué está pasando.

Jesse se alegró de oír aquello, e iba a recuperar el teléfono cuando Luc le dijo:

–Espera. Quiero llamar a mi hermana y darle otro número de teléfono al que llamarme si hay alguna emergencia.

Jesse no supo qué hacer. A regañadientes, escribió un número en un trozo de papel.

–Dale este. Si llama, te lo diré.

Volvió a marcar el código de seguridad y Luc hizo su llamada.

Jesse lo oyó dejarle un mensaje a su hermana.

–Eva, cariño, soy yo. Espero que mamá, George y tú estéis disfrutando del viaje. Si necesitas algo y no logras contactarme en mi número de siempre, tengo otro...

Le dio el número y luego añadió en tono cariñoso:

–Hasta pronto, cariño, cuida de mamá. Adiós.

Luc colgó y ella desconectó el teléfono. Luc se giró, apoyó las manos en el escritorio y se inclinó hacia delante, quedándose muy cerca de Jesse:

–Pagarás por esto, Jesse Moriarty. Averiguaré todos tus secretos y pagarás...

Jesse echó la cabeza hacia atrás.

–No tengo secretos, Sanchis.

Él se incorporó y sacudió la cabeza.

–Ya no soy Sanchis, Jesse. Soy Luc, hemos avanzado demasiado como para retroceder ahora.

Y dicho aquello se dio la media vuelta y salió del despacho. Jesse se quedó con el teléfono pegado al pecho un rato, triste porque no tenía a nadie a quien llamar. A nadie que le pudiese preocupar dónde estaba ni con quién.

Luego guardó el teléfono en la caja fuerte y no pudo evitar tener un mal presentimiento.

Cuando llegó a la cocina estaba vacía, pero había sartenes en el fregadero, lo que significaba que Luc había cenado. Intentó no sentirse dolida porque no le había preguntado si quería acompañarlo y se dio cuenta de que eso era ridículo. Aunque en los últimos días se había acostumbrado a que Luc pensase también en sus necesidades.

Se hizo un sándwich de queso y se sentó a la mesa, con Tigger corriendo entre sus pies. No pudo evitar sonreír.

Cuando terminó lavó los platos, incluidas las sartenes de Luc, y llenó el cuenco de Tigger de leche. Cambió los papeles que había en el fondo de la caja y dejó allí al animal, que se hizo un ovillo.

Jesse puso los brazos en jarras y suspiró mientras lo miraba. Y luego fue a buscar a Luc. Como no lo encontró se sentó en el sofá del salón y vio el mando de la consola en el suelo. Unos minutos después estaba jugando con ella.

Desde la puerta Luc, observó a Jesse, que estaba concentrada en el juego. Tenía el ceño ligeramente fruncido y a Luc le pareció adorable.

Ya no estaba tan enfadado como un rato antes, cuando se había dado cuenta de que su hermana y su madre no lo podrían localizar si lo necesitaban.

Aunque lo que más le había enfurecido había sido no pensar en aquello antes. Jesse había ocupado su mente desde el principio.

Apretó los labios y se dijo que solo había una manera de recuperar el control de aquella situación... Había llegado la hora de darle a Jesse Moriarty una lección.

# Capítulo 7

JESSE se desconcentró y le picó la piel al notar la presencia de Luc en el salón. Levantó la vista y lo vio acercándose al sofá. Antes de llegar, se agachó y tomó algo: el otro mando de la consola.

Se sentó a su lado, demasiado cerca, y le sonrió. Su peso hizo que Jesse se inclinase hacia él, así que se apartó para poner más distancia entre ambos.

Intentó no quedar cegada por su sonrisa y le preguntó:

–¿Querías algo?

–Este juego es para dos, ¿no?

–Sí, pero yo estoy jugando con los dos personajes y estoy en un nivel muy alto...

–¿Y qué? ¿Me estás diciendo que no puedo jugar? Dijiste que querías que estuviese lo más cómodo posible en esta casa.

Jesse supo que debía tener cuidado con él y deseó responderle que eso no significaba que pudiese sonreírle así, ni ir por ahí medio desnudo y hacer que lo desease.

–De acuerdo. Empezaremos otra partida. Yo soy la princesa Olga... tú puedes ser el rey Ordak.

–¿Tengo que ser el rey Ordak porque soy hombre?

Jesse puso los ojos en blanco.

–De acuerdo, tú serás la princesa y yo, Ordak.

–¿Significa eso que tendré la oportunidad de arrancarte la cabeza?

–Inténtalo –le respondió Jesse con los ojos brillantes.

–Valientes palabras, rey Ordak, valientes palabras...

Tres partidas después, Jesse había perdido la noción del tiempo y Luc le había ganado.

–No te pongas tan contento –le dijo, después de descubrir que no solo se estaba divirtiendo con él, sino que, además, se sentía cómoda en su compañía.

–Al parecer, en los juegos no te asusta la sangre –comentó él.

–No –admitió Jesse–. Porque sé que no es real.

Se aseguró de no mirarlo a los ojos, por miedo a que este pudiese ver algo en los suyos. La situación se le estaba yendo de las manos.

–Una partida más –la retó Luc.

–¿Vas a intentar batir mi récord? –le preguntó Jesse.

Luc apoyó la espalda en el sillón y alargó la mano detrás de ella. Y Jesse se preguntó cuánto tiempo hacía que estaban tan cerca.

–En esta partida vamos a subir un poco la apuesta inicial, a ver cómo eres de buena.

Jesse se maldijo por no poder rechazar el reto a pesar de oler el peligro.

–¿Qué quieres decir?

–Si gano, me dejarás hacer lo que quiera... –le dijo él–. Sé que eso no incluye salir de la isla ni hacer una llamada.

–No vas a ganar –le respondió ella–. Así que, ¿qué consigo yo si gano?

–Yo creo que ya tienes bastante, ¿no? –comentó Luc.

Jesse frunció el ceño y luego sonrió.

–Ya lo sé. Si gano yo, cocinarás para mí durante el resto de la semana.

En esa ocasión fue él quien frunció el ceño.

–Si ya lo estoy haciendo... pero, bueno, está bien, si eso es lo que quieres...

Jesse le ofreció la mano y se arrepintió cuando Luc se la agarró. Tenía la sensación de que sabía lo que iba a pedirle si le ganaba la partida y no podía permitirle que siguiese torturándola.

Jesse empezó ganando, lo que hizo que se relajase y que cometiese algunos errores. Cuando quiso darse cuenta, Luc la había igualado. Solo tenía que matarla y ganaría.

Jesse acababa de darse cuenta de aquello cuando Luc hizo una jugada maestra y Jesse vio cómo su personaje caía al suelo cortado por la mitad. Se quedó sin habla. Nadie la ganaba a aquel juego. Era una leyenda.

O lo había sido hasta entonces.

Notó que Luc le quitaba la consola de la mano y se aclaraba la garganta.

–Bueno, ¿por dónde íbamos?

–No puedo creer que me hayas ganado.

–No eres la única persona que ha perdido muchas horas jugando a la consola.

–¡Me lo tenías que haber dicho! No es justo, no he jugado todo lo bien que podía. Si eras tan bueno...

–No seas mala perdedora, no es nada atractivo. Creo que está claro quién ha ganado y ahora tienes que dejar que haga lo que yo quiera.

Jesse tenía el corazón acelerado. Ya se había olvidado del juego.

–¿Qué... qué es lo que quieres?

Luc estudió su rostro con la mirada y la clavó en su boca.

–Lo que quiero hacer, Jesse, es besarte.

Ella retrocedió al instante.

–No seas ridículo. No quieres besarme.

Luc se acercó más con la mirada clavada en su boca... Ella siempre había pensado que era una boca muy poco sexy, pero en esos momentos se sintió como si fuese turbadoramente provocativa.

–Sí, Jesse, claro que quiero.

–No –insistió ella, retrocediendo por el sofá–. No quieres.

Luc volvió a acercarse y Jesse se quedó arrinconada en un extremo del enorme sofá, con las rodillas pegadas al pecho, los ojos como platos, el corazón desbocado. Estaba empezando a sudar y solo podía ver a Luc Sanchis, fuerte y moreno, y mucho más peligroso que cualquier otra cosa que hubiese visto en su vida. Incluido su padre.

–Por favor, no...

Luc ignoró el modo en que se le encogió el corazón al oír aquel ruego y puso ambos brazos a los lados de Jesse. Estaba pálida, pero tenía las mejillas sonrojadas y la respiración acelerada. Él pensó que ya no podía dar marcha atrás. Así era como había querido tenerla: temblando y vulnerable.

Necesitaba tomar el control de la situación, pero al mirarla a los ojos se olvidó de cuáles eran sus intenciones... y lo que deseó fue algo mucho menos coherente.

Puso una mano en la nuca de Jesse y se la acarició mientras enredaba los dedos en su pelo suave. Sintió deseo. Notó cómo ella temblaba y, de repente, tuvo la necesidad de tranquilizarla.

–No pasa nada, Jesse –se oyó decir–. No voy a hacerte daño... Jamás te haría daño.

Y después la empujó hacia él y cerró la distancia que había entre ambos...

Jesse luchó por mantener los ojos abiertos, pero no pudo. Supo que debía estirar las piernas para apartarlo... pero tampoco lo hizo. Ella misma era su peor enemiga.

En ese momento ni siquiera sabía si no lo habría dejado ganar al juego para llegar a aquello.

Lo que sí sabía era que había soñado con un momento así desde que lo había visto por primera vez un año antes y Luc la había mirado a los ojos. Y por fin iba a ocurrir y no quería evitarlo.

La boca de Luc tocó la suya y fue como recibir miles de pequeñas descargas eléctricas a la vez. Él se apartó un poco, como si las hubiese sentido también. Jesse abrió los ojos y se encontró con los suyos, que la miraban casi de manera acusatoria, como si hubiese hecho algo mal, pero antes de que le diese tiempo a decir nada, Luc volvió a besarla con firmeza.

Jesse supo que no podía seguir fingiendo que no le gustaba. Gimió y abrió la boca un poco, oportunidad que él aprovechó para profundizar el beso.

Estuvieron mucho tiempo besándose, primero apasionadamente, después despacio, casi con pereza, luego Luc le mordisqueó la comisura de los labios. Ella casi no se dio cuenta de sus maniobras, estaba demasiado concentrada en saborearlo.

Entonces él retrocedió y Jesse se sintió avergonzada al descubrir que lo había seguido, como si no quisiese dejarlo marchar. Y entonces se dio cuenta de que Luc la había sentado en su regazo y había apoyado la mano que tenía libre en su vientre.

Se sintió aturdida y desorientada. Sin fuerzas. Y estaba sintiendo un deseo que había rechazado toda su vida. En esos momentos todo giraba en torno a su cuerpo y a lo que este necesitaba. Levantó la mano y acarició la mandíbula de Luc, maravillada con lo pálida que se veía su piel al lado de la de él.

–Quiero verte, Jesse... –le dijo él con voz ronca.

Y llevó la mano a los botones de su camisa. Jesse contrajo el vientre involuntariamente, se mordió el labio y le dolió. Solo sabía que no quería que ese momento terminase nunca.

Sintió algo de pánico cuando su sensatez amenazó con atravesar la bruma que se había instalado en su mente y se puso tensa, pero entonces miró a Luc a los ojos y lo único que vio en ellos fue el mismo deseo que estaba sintiendo ella. Asintió con timidez y el calor de la mirada de Luc hizo que se sintiese segura de sí misma.

«Confía en él», le estaba gritando su cuerpo. Y Jesse se dio cuenta de que quería hacerlo.

Aquello era tan distinto de la anterior experiencia que había tenido con un hombre que lo único que sabía era que quería seguir adelante. Los largos dedos de Luc fueron al primer botón de su camisa y ella se estremeció cuando se lo desabrochó. Notó sus dedos en la piel y entonces recordó algo y le sujetó la mano.

Sus miradas se cruzaron.

–No... No llevo sujetador.

Luc sonrió con malicia.

–Ya me había dado cuenta.

Jesse se derritió por dentro y todas sus dudas desaparecieron. Bajó la mano y, por primera vez en su vida, se sintió sensual. Luc le desabrochó rápidamente la camisa y luego, con cuidado, se la abrió para dejar al descubierto un pecho. Ella contuvo la respiración. Estaba deseando que la acariciase. Y cuando por fin lo hizo, Jesse estuvo a punto de caerse del sofá.

Luc tenía el corazón acelerado y lo único que sentía era deseo. El pecho de Jesse parecía estar hecho para su mano. Notó su pezón duro en la palma y contuvo un gemido. Apretó la carne firme y el pezón se endureció todavía más, y Luc ya no pudo esperar más. Inclinó la cabeza y lo tomó con la boca, pasó la lengua por él, lo mordió con suavidad.

Notó cómo Jesse se movía excitada y eso aumentó todavía más su deseo. La situación estaba siendo mucho más intensa que cualquier otra que hubiese tenido con una mujer, pero en esos momentos no podía pensar en ello.

Jesse nunca se había sentido igual. Quería que Luc parase y que continuase al mismo tiempo. Y dejó de pensar cuando le apartó la camisa y le dedicó la misma atención al otro pecho. Tenía una mano apoyada en su cabeza, los dedos enredados en su pelo, para no dejarlo marchar, y la otra cerrada con fuerza, con las uñas clavadas en la palma.

Notó calor y humedad entre las piernas. Como si Luc le hubiese leído el pensamiento, bajó la mano por su vientre. Aquello hizo que saltase la señal de alarma en ella, pero Jesse no quiso escucharla. Luc seguía besándole los pechos y ella no dijo nada. Notó cómo le desabrochaba los pantalones y le bajaba la cremallera. Siguió sin decir nada.

De hecho, levantó las caderas para comunicarle algo que su cerebro no alcanzaba a entender. Cuando Luc metió la mano por debajo de sus braguitas, Jesse dejó de respirar y le rogó en silencio que continuase. Nunca había deseado nada tanto.

En ese momento, Luc apartó la boca de su pecho y retrocedió unos centímetros. Jesse lo miró. Él la estaba observando mientras bajaba la mano un poco más y empezaba a acariciarle el vello. Bajó otro poco más. Jesse volvió a respirar, pero con dificultad, y puso la mano en su nuca.

Lo empujó hacia ella ligeramente.

–¿Es eso un sí, Jesse? ¿Quieres que continúe? –le preguntó él con voz ronca.

Y después de un momento, ella volvió a empujarlo con un poco más de fuerza. Casi no se dio cuenta del fugaz gesto de satisfacción de Luc, ya que estaba demasiado concentrada en sus caricias, que empezaban a ser más íntimas.

Él volvió a besarla apasionadamente y Jesse respondió con el mismo fervor mientras Luc seguía acariciándola, excitándola.

Notó que le bajaba los pantalones y las braguitas, y que sus piernas quedaban libres y abiertas para él.

Luc la miró y le dijo:

–Quiero probarte...

Y ella no supo lo que estaba pasando hasta que vio a Luc colocarse sus piernas en los hombros e inclinar la cabeza hacia el centro de su cuerpo. Primero la besó en el estómago y luego en el ombligo y Jesse se apretó contra él.

Luc le acarició los muslos, se los agarró, y siguió bajando con la boca. Entonces Jesse se dio cuenta de lo que estaba haciendo e intentó cerrar las piernas.

Pero Luc no la dejó. La miró y le dijo con voz gutural:

–No, déjame, Jesse. Deja que te pruebe...

Y ella notó su respiración allí, caliente y... húmeda. Echó la cabeza hacia atrás. No podía soportarlo. Enterró los dedos en el pelo de Luc, para apartarle la cabeza, pero lo que hizo en realidad fue sujetársela.

Él la estaba acariciando con la lengua y Jesse pensó que se iba a morir del placer.

Luc la agarró del trasero con una mano, para levantarla hacia él, y la penetró con los dedos de la otra, y de repente, Jesse no pudo aguantar más, explotó por dentro y se sintió como si estuviese flotando y lo único que la uniese a la Tierra fuese aquel hombre que le estaba separando los muslos con sus enormes manos.

Cuando por fin empezó a recuperarse notó que Luc la estaba besando en el interior del muslo. Después de haber sentido el placer más intenso de toda su vida, se dio cuenta de que todavía tenía una pierna apoyada en su hombro y la otra abierta. Solo llevaba puesta la camisa, que estaba abierta. Y tenía las manos en la cabeza de Luc para evitar que este se apartase.

Y él estaba entre sus piernas, mirándola y sonriendo de manera sensual, con satisfacción.

Fue eso lo que la hizo entrar en razón. Se apartó de él con tanta rapidez que lo sorprendió. Bajó del sofá y se puso los pantalones, ni siquiera se molestó en buscar las braguitas. Intentó abrocharse la camisa, pero le temblaban tanto las manos que no fue capaz.

Luc se sentó y Jesse se dio cuenta, cada vez más humillada y avergonzada, de que no tenía ni un botón de la camisa desabrochado. Ni siquiera se había despeinado.

–Ha sido un error –le dijo con voz temblorosa.

–Pues hace un momento, cuando gemías de placer, no lo parecía –replicó él.

La humillación de Jesse aumentó todavía más. Deseó que se la tragase la tierra. Sintió ganas de llamar para que fuesen a recogerlo y se lo llevasen de allí, pero supo que eso era exactamente lo que él quería.

Intentó conservar la calma.

–Ha sido un error y no volverá a ocurrir –le dijo–. No permitiré... que juegues conmigo, que finjas que me deseas... Crees que seduciéndome cederé a tus peticiones.

Estaba temblando. Con la mano que tenía libre, lo señaló:

–No creas que no sé lo que pretendes, Luc Sanchis. Lo único que has hecho ha sido demostrarme que puedes humillarme.

–Para tu información, Jesse, un hombre no hace

lo que yo acabo de hacer porque sí. En general, lo hace solo si de verdad desea hacerlo.

–No. Ha sido un error. No volveré a caer.

Y dicho aquello se dio la media vuelta y se marchó corriendo hacia su habitación. Oyó jurar a Luc a sus espaldas y después oyó sus pasos tras de ella. Acababa de cerrar la puerta cuando Luc llamó.

–¡Vete! –le gritó Jesse.

Pero Luc abrió la puerta con fuerza y entró.

Jesse tardó unos segundos en decirle:

–¡Aléjate de mí... animal!

Luc gruñó y se acercó a ella. Tomó su mano y la puso en la parte más dura de su anatomía. Ella sintió calor en el rostro, algo ridículo, después de lo que acababan de hacer.

Luc estaba muy excitado.

–¿Crees que esto es fingido?

Y a Jesse le sorprendió verlo tan enfadado. Luc apartó la mano y fue hacia la puerta. Allí hizo algo y luego se giró. Jesse no pudo ver su expresión, que estaba entre las sombras, pero sí vio lo que tenía en la mano: la llave de la puerta.

De repente, sintió pánico.

–Vas a ver cómo se siente uno estando prisionero, Jesse. Yo creo que es justo, ¿no?

Dicho aquello se marchó y cerró la puerta con llave. Y entonces el mundo de Jesse se derrumbó a su alrededor.

Luc bajó las escaleras furioso. ¿Qué había hecho? Había estado a punto de hacerle el amor a

Jesse en el sofá, como un adolescente completamente fuera de control.

Estaba acostumbrado a estar en lugares sofisticados con mujeres sofisticadas. Y no estaba acostumbrado a olvidarse de quién era ni de dónde estaba. Ese era el problema.

Se quedó en el centro del salón y se pasó las manos por el pelo. Él nunca perdía el control así. Ni siquiera lo había hecho con Maria.

Era cierto que había querido seducir a Jesse. Había querido desequilibrarla y, tal vez, conseguir que confiase en él al sentirse vulnerable.

Pero las cosas no habían salido como había planeado.

Juró entre dientes.

Fue a la cocina y vio la caja de Tigger. Pensó que a lo mejor se calmaba estando un rato con el gatito, pero al acariciarlo solo consiguió volver a pensar en cómo había acariciado a Jesse.

Volvió al salón y se sirvió una copa de whisky irlandés. Entonces pensó en que Jesse estaba en el piso de arriba sufriendo y sonrió. Y ese calor que lo invadía siempre que pensaba en ella volvió a tomar su cuerpo.

Suspiró profundamente y fue hacia las escaleras. Había llegado el momento de reparar el daño hecho y de intentar mantener las manos alejadas de Jesse el tiempo suficiente para hacerle creer que era un hombre civilizado, aunque lo que más desease en esos momentos fuese desnudarla y encerrarse con ella en la habitación.

Llegó a la puerta de su habitación. No se oía nada. Llamó.

–¿Jesse?

Nada.

Tuvo un mal presentimiento. Metió la llave en la cerradura y abrió la puerta. La habitación estaba tal y como la había dejado y al principio no vio a Jesse, pero cuando sus ojos se adaptaron a la luz tenue la descubrió en un rincón, abrazándose las piernas.

Algo en su postura le dijo que no estaba enfadada. Se acercó y se agachó a su lado.

–¿Jesse? ¿Qué...?

Tenía la cabeza apoyada en las rodillas y Luc se dio cuenta de que estaba temblando. Se sentó a su lado y la abrazó. A Jesse le pasaba algo.

–¿Jesse, qué ocurre? ¿Qué te pasa?

–Estoy encerrada... no puedo salir... ayuda... –balbució ella.

Luc se maldijo por haber sido tan impetuoso. Obligó a Jesse a levantar la cabeza y se le encogió el estómago al ver que tenía el rostro lleno de lágrimas. Tenía la mirada perdida. Estaba en estado de shock.

–Jesse, ya no estás encerrada. La puerta está abierta. Estás conmigo. No pasa nada. Lo siento. No tenía que haberte encerrado.

Jesse negó con la cabeza. Seguía temblando.

–No... no lo entiendes. Es mi madre. Está muerta. Está muerta y no puedo salir a buscar ayuda. Él no me cree. Necesito ayuda. Tengo que salir.

Luc tomó su rostro para que lo mirase.

–Jesse, soy yo. Solo yo. Solo estamos tú y yo. Tu madre no está aquí.

–No –insistió ella–, porque está muerta. Él la ha matado, la ha dejado morir.

Luc intentó entender lo que Jesse estaba diciendo.

–¿Quién la ha matado, Jesse?

–Mi padre.

Su voz lo asustó. Luc recordó que Jesse le había dicho que no había conocido a su padre, pero era evidente que no era cierto. Al encerrarla en aquella habitación, le había hecho revivir un traumático episodio de su vida.

Luc juró en voz alta, pero Jesse seguía ajena a todo.

La tomó en brazos y la llevó al cuarto de baño. Abrió la ducha y se metió con ella debajo del agua. Una vez allí empezó a desnudarla y luego se quitó la ropa él también. Luego la abrazó para intentar darle calor, le acarició la cabeza y le dijo cosas absurdas.

Notó el momento en el que Jesse empezó a volver en sí. Su cuerpo se puso tenso y comenzó a moverse. Él notó que se excitaba e intentó controlarse. Jesse lo miró y, de repente, sus mejillas se sonrojaron. Luc suspiró aliviado.

Alargó la mano para tomar un albornoz y cerró el grifo. La tapó y frotó su cuerpo con fuerza para secarla.

Dejó de hacerlo un instante y la miró:

–¿Estás bien?

# Capítulo 8

JESSE miró a Luc a los ojos. Se acordaba de todo lo que había pasado, pero era como si le hubiese sucedido a otra persona. Y, en cierto modo, le había ocurrido a otra persona: a la niña que había sido.

Asintió para responder a la pregunta de Luc.

De repente, era consciente de que estaba en la ducha con Luc Sanchis que, a su vez, estaba desnudo. Rezó porque sus piernas la sostuvieran y salió de ella.

Metió las manos en las mangas del albornoz y se ató el cinturón. Oyó a Luc detrás de ella y fue a la habitación, a sentarse a la cama. Entonces lo vio en la puerta del cuarto de baño con una toalla alrededor de la cintura.

–¿Me quieres contar qué es lo que ha pasado?

Jesse tragó saliva y apartó la vista. La fuerza de su reacción al verse encerrada en una habitación la asustó. Sintió la necesidad de hablar de ello, como si supiese que sería la única manera de evitar que volviese a ocurrir.

Miró a Luc y lo vio serio y preocupado. Bajó la vista y empezó:

–Cuando tenía nueve años me encerraron una noche en una habitación, con mi madre. Ella estaba enferma y murió esa noche... Y yo no pude salir. Nadie me oía. Estuve con ella muerta hasta que abrieron la puerta al día siguiente.

–Dios mío...

Luc tomó una silla y se sentó delante de ella, tomó sus manos. Jesse lo miró a regañadientes y su expresión le hizo sentir un cosquilleo en el vientre.

–¿Cómo pudo ocurrirte algo así?

Jesse hizo una mueca.

–Yo sabía que estaba muy enferma. Llevaba días mal, pero no había ido al médico... Quise pedir ayuda, pero él no me escuchó.

–¿Tu padre?

Jesse asintió.

–Esa noche había dado una cena y estaba borracho. No quería que lo molestasen, así que me llevó al dormitorio y me encerró allí...

Lo recordó inclinándose sobre su madre y tocando su frente antes de decir:

–Está bien. Solo tiene un catarro.

Miró a Luc para intentar borrar aquella imagen de su mente.

–Cuando por la mañana abrieron la puerta, mi madre estaba muerta...

–¿Y tu padre? –preguntó Luc con el ceño fruncido.

Ella se encogió de hombros.

–Trabajando...

Luc frunció el ceño.

–Pero hoy has cerrado la puerta del despacho.

–He fingido que la cerraba.

–Siento haberte encerrado –le dijo él, agarrándole las manos con fuerza–. Si hubiese sabido...

Jesse le puso una mano en los labios, pero la apartó rápidamente al notar su aliento caliente.

–No podías saberlo. Ni siquiera yo sabía que reaccionaría así –admitió, bajando la cabeza–. Qué vergüenza.

Luc le levantó el rostro.

–No sientas vergüenza. Tu padre tenía que ser un monstruo, Jesse, para haceros algo así.

–Sí, lo era.

–¿Por eso me dijiste que no lo conocías? ¿Porque no quieres hablar de él?

Jesse se sintió culpable.

–Más o menos.

Para su sorpresa, Luc se levantó y ella se ruborizó al darse cuenta de en qué parte de su anatomía había clavado la vista.

–Debes de estar cansada –le dijo él–. Deberías descansar.

Jesse se levantó también, de repente, la idea de que Luc se marchase le hizo sentir pánico. Sin pensarlo, lo agarró de la muñeca y notó su pulso fuerte. Y entonces supo que necesitaba aquello, lo necesitaba a él como no había necesitado a nadie en toda su vida.

–Por favor, no me dejes sola –le pidió con voz ronca.

Él se giró a mirarla.

–¿Qué quieres decir, Jesse?

Ella lo miró a los ojos y se sintió como si se estuviese lanzando al vacío.

–Por favor, pasa la noche conmigo.

Luc apretó la mandíbula.

–Si me quedo y compartimos cama, dudo mucho que durmamos.

Eso la excitó e hizo que apartase de su mente los horribles recuerdos que la habían ocupado solo unos minutos antes. Se acercó más a él sin soltarlo.

–Eso es exactamente lo que esperaba que dijeras...

En el fondo no podía creer que estuviese siendo tan directa, pero por primera vez en su vida se sintió bien siéndolo. Con aquel hombre, en aquel momento.

–¿Estás segura?

–Deja ya de hablar, Sanchis... –le dijo ella, soltándole la muñeca y abrazándolo por el cuello–. Bésame.

Él inclinó la cabeza y ella la levantó. Sus bocas se encontraron y Jesse se deshizo por dentro. Estuvieron mucho rato besándose y entonces Luc la tumbó en la cama y se colocó encima de ella, pero sin tocarla. Jesse se abrió el albornoz y vio cómo los ojos de Luc brillaban de deseo.

Impaciente, se incorporó y tiró de la toalla que lo tapaba. En esa ocasión fue ella la que abrió mucho los ojos al ver su cuerpo perfecto. Ya lo había visto desnudo, pero no desnudo y excitado.

Después volvió a dejarse caer sobre la cama y sus piernas se abrieron instintivamente. Luc sonrió y empezó a acariciarla. Pasó una mano por su cuello, por un pecho, le apretó suavemente el pezón, haciéndola gemir. Y luego siguió bajando la mano para tocarle entre los muslos.

Jesse levantó las caderas hacia él.

–Luc... por favor.

Y él siguió acariciándola. Jesse se mordió el labio y envolvió su erección con la mano.

–Estás jugando con fuego...

Ella empezó a mover la mano de arriba abajo y deseó tenerlo dentro. Intentó acercarse más a él y Luc le apartó la mano y se colocó justo encima de su sexo para penetrarla.

Jesse estaba tan preparada para recibirlo que sus músculos más íntimos se cerraron instantáneamente a su alrededor. El placer la invadió por completo y se puso a sudar, a temblar.

–Lo siento –le dijo avergonzada por la fuerza de su reacción.

–No pidas perdón por ser tan receptiva.

Jesse se sintió muy torpe.

–Pero si a ti no te ha dado tiempo...

–No, pero va a darme.

Y entonces empezó a moverse muy despacio, entrando y saliendo. Jesse tardó un segundo en acostumbrarse a la sensación, pero enseguida el placer volvió a crecer en su interior. Se agarró a sus brazos y puso las piernas alrededor de su cintura para que la penetrase todavía más.

Luc empezó a moverse más deprisa, con más fuerza, y Jesse notó cómo la tensión aumentaba en su interior. Oyó a Luc maldecir, pero estaba demasiado concentrada en su propio placer.

Lo miró y al ver su expresión le preguntó:

–¿Qué ocurre?

–Que no hemos utilizado protección...

Pero ya era demasiado tarde. Jesse quería continuar y Luc echó la cabeza hacia atrás y gimió, pero en el último momento salió de su cuerpo.

A pesar de la intensidad de su orgasmo, Jesse se sintió vacía, como si la hubiesen engañado. Se quedó con la respiración acelerada, sudando, se quitó el albornoz del todo y se acurrucó contra la espalda de Luc. Metió las piernas debajo de las de él y mientras aspiraba su olor cayó en una dulce inconsciencia que no había conocido hasta entonces.

Luc se quedó allí tumbado, inmóvil, mientras su cuerpo se recuperaba del increíble clímax que acababa de disfrutar. Notó los brazos de Jesse a su alrededor, pero su primer impulso no fue el habitual, no quiso marcharse de allí. En su lugar, puso una mano encima de la de ella.

Se sintió como si le acabase de cambiar la vida. Era la primera vez que se le había olvidado la protección. Cuando se había dado cuenta, lo único que había podido hacer había sido salir de Jesse y terminar fuera. Era la segunda vez ese día que sus más bajos instintos lo dominaban.

Pero lo más desconcertante era lo bien que se había sentido al estar dentro de Jesse.

Se tumbó boca arriba y Jesse se acurrucó contra su pecho, puso una pierna sobre la suya, demasiado cerca de la parte más sensible de su anatomía. Él notó sus pechos en el costado y respiró hondo al notar que se volvía a excitar...

Lo que había ocurrido allí esa noche hacía que se plantease demasiadas cosas. Había querido ponerla nerviosa y era ella la que lo estaba poniendo nervioso a él, y eso no le gustaba nada.

–Pensaba que no se me daba bien... el sexo.

Jesse se ruborizó contra el pecho de Luc. ¿Por qué había dicho eso? Notó que este se movía y, de repente, se quedó tumbada boca arriba, con Luc cerniéndose sobre ella, despeinado y con el rostro ligeramente oscurecido por una incipiente barba.

Habían pasado todo el día y gran parte de la noche en la cama, después de una breve pausa a eso de las siete de la mañana, en la que Luc la había llevado a la cocina para prepararle un delicioso desayuno. Como por acuerdo tácito, no habían hablado de ningún tema controvertido. Era como si ambos hubiesen decidido darse una tregua.

–Bueno, pues yo te aseguro que se te da muy bien.

Jesse se ruborizó todavía más y se llevó las manos al rostro. Él se las quitó y se las sujetó encima de la cabeza con una mano, mientras bajaba la otra al vértice de sus piernas. A ella se le aceleró la respiración al instante y se alegró de poder volver a sentir y dejar de pensar en las voces que le pedían a gritos en su cabeza que pensase en lo que estaba ocurriendo entre ambos...

–¿Quién te ha hecho pensar lo contrario?

–Tuve una relación hace un par de años, pero no me gustó, cuando me tocaba, solo sentía frío por dentro. Contigo, por el contrario, sentí calor desde la primera vez que me miraste.

–¿Te acuerdas de cuando nos vimos en aquella recepción?

Jesse asintió y se mordió el labio. Recordó cómo Luc la había apartado de él esa noche y, de repente, se sintió vulnerable y las dudas de que solo la estuviese utilizando cobraron fuerza en su interior.

–Te deseé nada más verte –le dijo él.

–Pero si me apartaste...

Luc hizo una mueca.

–Había estado observándote... preguntándome quién serías...

Y todas las dudas de Jesse se disiparon al oír aquello.

–¿De verdad?

Él asintió.

–Y entonces fuiste a parar a mis brazos, me miraste y... fue como si pudieses traspasarme con la mirada.

Jesse se emocionó al oír aquello.

–Lo mismo sentí yo...

Luc inclinó la cabeza para darle un beso mientras bajaba la mano para acariciarla entre las piernas.

Luego rompió el beso y le ordenó:

–No bajes las manos o tendré que atártelas.

Y eso la excitó. Luc le acarició todo el cuerpo y luego se colocó entre sus piernas y la penetró.

Ella bajó las manos porque necesitaba acariciarlo. Cerró los ojos y disfrutó del momento, haciendo caso omiso a las voces que le advertían en su cabeza que aquello iba a terminar en catástrofe.

–Venga, cuéntame cómo aprendiste a cocinar.

Jesse estaba sentada en un taburete, con la barbilla apoyada en una mano, observando cómo Luc preparaba un pescado. Se había tomado media copa de vino y se sentía bien. Sobre todo, porque se habían pasado todo el día en la cama.

–Ya te lo he dicho –respondió él en tono afable, pero ligeramente tenso–, mi madre se deprimió después de la muerte de mi padre y tuve que cocinar yo en casa.

–¿Cómo murió tu padre? –preguntó Jesse.

Luc apretó la mandíbula.

–Se suicidó –respondió–. Ya te he contado que mi hermana es especial, ¿verdad? Casi autista.

Jesse asintió y supo que no debía volver a preguntarle por su padre.

Luc continuó:

–Descubrí que cocinar la tranquilizaba. Buscar los ingredientes y mezclarlos parecía entretenerla. Aunque también se enfadaba cuando las cosas no salían bien. Eso hizo que yo intentase hacerlas bien. Podía pasarse horas viendo cómo se hacía lentamente una ternera estofada.

Miró a Jesse y sonrió débilmente.

–Ahora trabaja de cocinera para una empresa que sirve a personas con necesidades especiales y que da oportunidades a personas como Eva.

–Eva es un nombre muy bonito.

Entonces, Luc le preguntó:

–¿Qué sucedió después de la muerte de tu madre?

Jesse palideció y dio otro sorbo a su copa de vino.

–Que estuve en acogida hasta los dieciocho años –respondió a regañadientes.

–Debió de ser muy duro –comentó Luc, mirándola.

Ella se encogió de hombros y evitó su mirada.

–No fue fácil.

–¿Y tu padre? ¿Por qué no te quedaste a vivir con él?

–Porque mis padres no estaban casados... Mi madre era el ama de llaves de mi padre. Él estaba casado con otra mujer. Una mujer de la alta sociedad inglesa.

–Entonces... ¿tu padre y tu madre tuvieron una aventura y tú creciste allí, en la casa?

–Más o menos... salvo que no fue una aventura. Mi padre utilizaba a mi madre cuando quería.

–¿Y sabías que era tu padre? –le preguntó Luc.

Jesse asintió y volvió a mirarlo.

–Un día, cuando estaba en su despacho, fui a verlo... No sé cómo fui capaz... Debía de tener unos seis años y echaba de menos tener un padre. Sabía que él era el mío, así que fui y le pregunté por qué no era como los padres de los demás niños del colegio...

–Jesse...

Ella levantó una mano para que no la interrumpiese y terminó:

–Al principio, no me respondió. Se levantó, cerró la puerta del despacho... Y entonces se quitó el cinturón. Me golpeó con él la espalda y las piernas hasta que hubo sangre en el suelo.

Luc dejó el pescado y se acercó a ella. Tomó su rostro con ambas manos y se lo levantó. Estaba llorando.

–Me dijo que jamás volviese a llamarlo padre y que si le hablaba a alguien de aquello, nos mataría a mi madre y a mí.

Luc sacudió la cabeza.

–No me extraña que le tengas pánico a estar encerrada. ¿También era violento con tu madre?

Jesse asintió y él la abrazó.

Cuando por fin la soltó y le dio un pañuelo de papel, Jesse le dijo:

–Lo siento. Nunca se lo había contado a nadie... No suelo llorar.

–No lo sientas. ¿Tu padre todavía...?

–No quiero hablar más de ello, ¿de acuerdo?

Después de la cena, y mucho más tarde, en la cama, Luc le preguntó:

–Las cicatrices que tienes en las piernas... ¿son de ese día?

Jesse se apoyó en un brazo y lo miró. Asintió. Y luego, para evitar que le hiciese más preguntas, lo besó en los labios y se tumbó encima de él.

Luc la agarró por las caderas y la levantó ligeramente hasta tener la erección entre sus piernas. Y Jesse lo borró todo de su mente.

Después, se acurrucó contra él y volvió a quedarse dormida. Y Luc se dio cuenta de que corría el peligro de olvidarse de su objetivo: salir de la isla a tiempo para hacerse con O'Brien.

Tenía a Jesse exactamente donde quería tenerla, pero en vez de explotarlo, lo que deseaba era seducirla todavía más... y más. Hacía que le ardiese la sangre y todavía no estaba preparado para extinguir aquel fuego.

Los recuerdos quisieron volver a su mente, pero él los apartó. Jesse era diferente... aquella situación era diferente. No volvería a permitir que lo llevasen por el mal camino.

Mientras se quedaba dormido, se aseguró a sí mismo que no había perdido de vista su objetivo.

Jesse estaba sentada en el sofá del salón. Se sentía más saciada que en toda su vida. Se habían despertado tarde, habían comido, habían vuelto a la cama y allí era donde había dejado a Luc, dormido, mientras bajaba a ver cómo estaba Tigger.

Estuvo un rato observando cómo el animal jugaba con la alfombra y luego lo tomó en brazos y se lo llevó a la cocina:

–Es hora de tomar un poco de leche y de echar la siesta... –le dijo.

Y entonces, mientras lo metía en su caja, se dio cuenta sorprendida de lo lejos que había viajado a aquel mundo de fantasía.

Durante los últimos días, desde que había empezado a tener aquello con Luc, había empezado a imaginar que tal vez fuese real. Y entonces se dio cuenta de que había secuestrado a Luc para impedir que este salvase a su padre... Y que seguro que este quería seguir salvándolo.

Lo oyó llamarla desde el piso de arriba y se quedó paralizada por el pánico. Cuando por fin consiguió moverse, salió de la casa y tomó un camino por el que todavía no había ido nunca, que llevaba a una bonita cala. Pero Jesse no pudo disfrutar de ella.

Se sentó a la orilla del mar y se abrazó las piernas. ¿Cómo había podido permitir que Luc la sedujese?

Faltaban tres días. Tres días para que su padre estuviese arruinado. Casi se le había olvidado que esa era su meta. Si Luc le hubiese dicho esa mañana que tenía que salir de la isla para volver a trabajar, ella habría llamado a un avión para que lo sacase de allí, estaba segura.

Sollozó emocionada y se llevó la mano a la boca mientras pensaba que ya ni siquiera sabía quién era. La armadura que utilizaba para mantener a las personas alejadas de ella había desaparecido. Se había convertido en una persona que lloraba por cualquier cosa y a la que le alegraba poder hablar de unos secretos que había mantenido ocultos durante toda la vida.

Se imaginó a Luc despertándose y recordando que tenía que convencerla de que le gustaba. Todo era mentira.

De pequeña, había visto cómo su padre engañaba a mucha gente para después apuñalarlos por la espalda. Así que sabía lo fácil que era ser falso...

Recordó que Luc le había dicho unos días antes que iba a descubrir todos sus secretos y que la iba a hacer pagar por aquello...

Después de pasar varios minutos con la mirada perdida en el mar, sintiéndose como si le estuviesen arrancando el alma, se levantó y volvió a la casa. Encontró a Luc en el salón e ignoró la ola de calor que la invadió nada más verlo.

Él, que estaba mirando por la venta, se giró con

las manos metidas en los bolsillos de los pantalones. Tenía el pelo todavía húmedo de la ducha.

–Al final no ha habido tormenta, ¿verdad? –comentó.

Ella negó con la cabeza. Esa tormenta, no, pero sí otra. Una tormenta que la había sacudido con tal intensidad que sabía que jamás volvería a ser la misma persona.

Luc se puso justo delante de ella y Jesse supo que no era la única que había reflexionado.

–Tu apellido... Moriarty... es irlandés, ¿verdad?

Ella asintió.

–Sí. Mi madre era irlandesa, de Kerry.

–O'Brien también es irlandés...

Jesse sintió frío. La carne se le puso de gallina.

–Es tu padre, ¿verdad, Jesse? Y tu madre era su ama de llaves –le dijo Luc.

# Capítulo 9

LUC debía de haber visto la expresión de sorpresa en su rostro, porque, evidentemente, lo tomó como una confirmación.

–Lo que no entiendo es, después de todo lo que te ha hecho, ¿por qué quieres salvar su empresa?

Por un instante, Jesse pensó que iba a desmayarse. Como si lo hubiese sentido, Luc se acercó a ella y la agarró del brazo para llevarla hasta el sofá, donde la obligó a sentarse.

–¿Por qué no me lo contaste desde el principio?

Jesse se sintió demasiado vulnerable, así que se levantó del sofá y se alejó de Luc.

–No te lo conté porque no era importante.

–¿Cómo que no? No entiendo que quieras salvarlo.

–No quiero salvarlo –replicó ella.

–¿No?

Jesse tragó saliva.

–Lo que quiero es arruinarlo. Quiero acabar con él. Y no voy a permitir que tú lo salves.

Durante unos tensos minutos, se quedaron mirándose el uno al otro y, de repente, Luc echó la cabeza hacia atrás y rio. Jesse lo fulminó con la mirada, pero él siguió riéndose. Al parecer, no podía parar. Por fin se sentó en el sofá, tenía lágrimas en los ojos.

Jesse se sintió cada vez más enfadada. Luc se estaba riendo de ella.

–¿Qué es lo que te parece tan gracioso? –le preguntó.

Él se levantó, se puso serio. Sacudió la cabeza.

–Lo gracioso, Jesse, y lo ridículo, es que todo este tiempo hemos querido lo mismo...

–¿Qué quieres decir?

–Que yo también quiero acabar con él. Iba a esperar al último momento, cuando ya nadie pudiese ayudarlo, para decirle que no iba a invertir en su empresa.

Jesse lo miró y no pudo evitar sentirse esperanzada. Tenía que ser fuerte. Llevaba toda la vida preparándose para aquello.

Se apartó más de él con los brazos cruzados y luego se giró para mirarlo.

–¿Y qué motivo tienes para querer verlo arruinado?

Él tardó unos segundos en responder.

–Ya te he dicho que mi padre se suicidó.

Jesse asintió.

Luc anduvo de un lado a otro.

–Mi padre era jefe de obra de una empresa que tu padre tenía en Málaga. Un día hubo un accidente y mi padre resultó gravemente herido. Le tuvieron que amputar las dos piernas de rodillas para abajo –le contó Luc, sacudiendo la cabeza–. Cuando volvió a casa no era ni la sombra de lo que había sido. Estaba avergonzado de lo ocurrido a pesar de que no había sido culpa suya. Las máquinas que utilizaban eran muy antiguas.

Hizo una pausa antes de continuar.

–Por aquel entonces las normas acerca de seguridad en el trabajo eran casi inexistentes... Total, que O'Brien se limitó a contratar a otro jefe de obra y no se vio obligado a cerrar la empresa hasta que otra persona falleció en un accidente.

–¿Qué ocurrió? –le preguntó ella.

Luc la miró y Jesse se estremeció.

–Mi padre no soportó verse impedido. Era un hombre orgulloso. Mi madre tampoco lo llevaba bien y Eva... era pequeña y difícil. Una noche me desperté porque oí gritar a mi madre. Salí corriendo y encontré a mi padre en el garaje, dentro del coche, con el motor encendido. Ya era demasiado tarde para salvarlo.

–Lo siento, Luc.

–Sí, yo también lo siento. Un día fui a ver a tu padre, antes de que el mío muriera. Fui a pedirle ayuda. Y él me hizo lo mismo que a ti, Jesse. Me llevó a su despacho y cerró la puerta...

Dejó escapar una carcajada.

–Desde entonces, hemos vuelto a vernos y no se ha acordado ni de mi apellido ni del joven que se enfrentó a él.

Jesse deseó creer a Luc, pero no podía terminar de hacerlo.

–Me dijo que si le hablaba a alguien de lo de mi padre, les haría daño a mi madre y a Eva. A mí no me tocó, pero no hizo falta.

Jesse sacudió la cabeza, se le había nublado la vista.

–No. Para. Te lo estás inventando. Ya has llegado demasiado lejos, Luc. No voy a quedarme aquí mientras me engañas. Es demasiada casualidad.

Se dio la vuelta para salir de la habitación, pero Luc la agarró y la hizo girar en sus brazos.

–Maldita seas, Jesse. No te estoy mintiendo. Es todo verdad.

Jesse se limpió las lágrimas y deseó poder ser fría, como lo había sido antes de conocer a aquel hombre.

–¿Puedes demostrármelo?

–Mi padre fue jefe de obra en una empresa de construcción del sur de España. ¿Crees que su historia salió en los periódicos? –le preguntó él.

Jesse lo miró y se sintió vulnerable.

Se zafó de él haciendo un gran esfuerzo y sacudió la cabeza.

–Lo siento. Necesito estar un rato sola...

Luc contuvo el impulso de volver a agarrarla y la dejó marchar. Tenían muchas cosas que digerir, era increíble que ambos hubiesen tenido el mismo objetivo desde el principio.

Un rato antes, cuando había despertado y se había dado cuenta de que Jesse no estaba en la cama, había sido como si su cerebro no hubiese dejado de pensar mientras dormía. Había soñado con Jesse y con su padre, una presencia sin rostro y amenazadora que la encerraba en una habitación. Y entonces había atado cabos. ¿Por qué iba a interesarle O'Brien si no era por un motivo personal?

Luc tenía muchas preguntas pendientes, pero la

expresión de Jesse al marcharse de la habitación, de sorpresa y emoción, le hicieron controlarse. Le daría algo de tiempo, aunque ya no hubiese ningún impedimento para que ambos volviesen a Inglaterra juntos.

Al pensar aquello le dio un vuelco el corazón y, por primera vez en muchos años, Luc supo que estaba en un terreno muy pantanoso.

Esa noche, se despertó sobresaltado al oír un ruido que no le era familiar, porque se había acostumbrado a la paz y tranquilidad de la isla.

No había visto a Jesse antes de acostarse. Se había quedado encerrada en su habitación y él había preferido darle más tiempo en vez de intentar convencerla de que podía confiar en él.

Se miró el reloj y se dio cuenta de que solo había dormido un par de horas. Entonces comprendió qué ruido era: un helicóptero.

Saltó de la cama, se puso unos calzoncillos y dio las gracias en silencio a Jesse por haber entrado en razón. Casi esperó darse de bruces con ella al salir de su habitación, pero la casa estaba en silencio. Entonces tuvo un mal presentimiento.

Bajó las escaleras y vio la nota en el aparador de la entrada.

*Querido Luc:*

*El teléfono solo acepta llamadas entrantes. Si tu madre o tu hermana te necesitan, me llamarán a mí y yo te lo comunicaré. No puedo confiar en que, si hablas directamente con ellas, no intentes marcharte de la isla antes del viernes.*

*A la una de la tarde del viernes te esperará un avión con todas tus pertenencias en la pista de aterrizaje. El piloto te llevará adonde tú le pidas.*

*Lo siento mucho.*

*Espero que comprendas el motivo por el que tengo que hacer esto.*

*Jesse.*

Furioso, se dirigió a la puerta de la casa y la abrió justo a tiempo de ver el helicóptero elevándose en el cielo para girar después a la derecha y desaparecer a lo lejos.

Se quedó allí unos segundos, mientras la isla volvía a quedarse en silencio, sin poder creerse lo que acababa de ocurrir. Y entonces lo entendió. Había vuelto a ser traicionado por una mujer, pero en esa ocasión era mucho, mucho peor.

Mientras el helicóptero sobrevolaba el ancho mar, Jesse lloró y lloró. ¿Por qué no podía parar? Tenía a Tigger en su regazo y lo estaba acariciando para tranquilizarlo.

Había tenido que marcharse porque no habría podido soportar pasar dos días más con Luc en allí. No había querido arriesgarse a que este utilizase todo lo que sabía de ella en su contra.

Había estado a punto de confiar en él, de creerlo, pero en el fondo solo habían pasado juntos un par de días. Y su confianza era algo que no había podido entregar a nadie desde niña.

Tenía que ser fuerte y recordar que Luc había querido marcharse de la isla desde el principio, fuesen cuales fuesen sus motivos. Y por eso la había seducido.

El corazón se le encogió de dolor al pensarlo.

Había deseado tanto confiar en él. Había sido la primera vez en la vida que se había sentido así, pero se había dado cuenta de que confiar en Luc podía significar tirar muchos años de esfuerzo por la borda.

Solo tenía que olvidarse de lo que había ocurrido entre ambos y pensar que había sido un sueño. Porque alguien como Luc jamás habría estado con una mujer como ella en otras circunstancias.

Sabía que Luc jamás la perdonaría por haberlo dejado allí.

Cerró los ojos e intentó bloquear sus emociones.

*Dos meses después*

Jesse respiró hondo y se miró en el espejo de cuerpo entero de su dormitorio. El vestido era azul oscuro, de seda, y tenía un diseño increíble que dejaba al descubierto más carne de la que ella le hubiese gustado.

Sintió ganas de quitárselo y ponerse un traje de chaqueta, pero recordó lo que había sentido esa tarde al verlo en un escaparate de la ciudad.

Mientras se lo probaba se había sentido por un

momento casi como cuando Luc había mirado con deseo su cuerpo desnudo: bella y sensual.

Luc. Jesse cerró la puerta del armario con fuerza y buscó los zapatos que había comprado a la vez que el vestido, decidida a no pensar en él. Esa noche iba a asistir a una cena benéfica y era su primera oportunidad de ser la clase de mujer que siempre había querido ser... Y entonces no pudo evitar volver a pensar en Luc.

Había estado esperándolo desde aquel viernes, que ella había bautizado en su mente como Viernes Negro, pero habían pasado los días y las semanas y no había ido a verla.

Aquello confirmaba lo poco que le había importado.

Para complicar todavía más su estado emocional, Jesse había podido comprobar que la historia que Luc le había contado era real.

Con respecto a su padre, estaba terminado y era probable que lo metiesen en la cárcel por todo lo que había hecho.

Hasta su mujer estaba vendiendo su historia a los periódicos, contando que había sido una mujer maltratada durante años.

Jesse había esperado sentirse triunfante después de aquello, pero lo cierto era que se sentía vacía. En cierto modo, se había quedado por fin tranquila y toda su ira y su dolor habían desaparecido, pero su mente no dejaba de pensar en otra persona...

La noche después de volver de la isla, Luc había salido en todos los medios en una cena benéfica, acompañado por una impresionante actriz nominada a los Oscar. Desde entonces, se le había visto acompañado de muchas mujeres, cada cual más bella que la anterior.

La prensa estaba encantada porque era la primera vez que Luc Sanchis se dejaba ver tanto en público.

Por un segundo, Jesse se quedó inmóvil y cerró los ojos, se llevó una mano al corazón. Tenía que dejar de pensar en él, pero era imposible.

Durante el día, creía verlo en todas partes. Y por las noches era todavía peor, ya que revivía los tórridos momentos que había vivido a su lado en la casa. Se lo había contado todo...

Notó que le tiraban del vestido y bajó la vista para encontrarse con Tigger. Lo tomó en brazos.

–No, no hagas eso...

Enterró el rostro en su pelo suave y disfrutó de su calor. Había crecido y ganado peso. Jesse lo había llevado al veterinario para que lo vacunase y le pusiese un microchip, e incluso le había sacado un pasaporte.

Se había sentido culpable por quitárselo a Luc, pero esa noche había estado tan alterada que no había podido controlar el impulso de llevarse al animal. Lo necesitaba.

El pecho se le contrajo de emoción. Por fin estaba empezando a vivir su vida. Había pasado una página. Lo que siempre había querido, pero a pesar de querer pensar que era porque había hecho justicia con su padre, tenía la sensación de que si había cambiado había sido más bien gracias a Luc Sanchis.

Oyó a través del intercomunicador que su taxi había llegado y suspiró aliviada por poder dejar de darle vueltas a aquello. Intentó ignorar la sensación de soledad y el cosquilleo que sentía en el vientre al pensar que era posible que esa noche se encontrase con Luc.

Luc miró a su alrededor. El salón estaba lleno de hombres de esmoquin y mujeres con vestidos de noche. No le apetecía nada estar allí, pero le había prometido a su hermana llevarla, junto a su madre, y ambas estaban disfrutando mucho viendo a tantas personas famosas juntas.

Jesse. Tuvo una sensación extraña que le hizo estremecerse. Pensó en ella y se puso tenso. Le entraron ganas de echarse a reír. Había estado tenso desde que había salido de la isla. Desde la noche en que ella se había marchado en helicóptero, pisoteando así su confianza.

Estaba enfadado. Era como si tuviese un trozo de granito duro y frío en el centro del pecho que pudiese explotar en cualquier momento.

Después de saber que O'Brien estaba terminado, algo en su interior se había cerrado y se había bloqueado.

Había bloqueado el recuerdo de cómo le había abierto su corazón a Jesse y le había contado la historia de su vida. Había bloqueado el recuerdo de cómo se había olvidado de por qué había planeado seducirla, porque después de probar su delicioso cuerpo, lo último en lo que había pensado había sido salir de aquella isla.

Así que había bloqueado esos diez días que había pasado en la isla como si jamás hubiesen tenido lugar.

Había vuelto a Gran Bretaña y se había convertido en un autómata de hielo. Nadie ni nada había conseguido traspasar su armadura durante los dos últimos meses.

También tenía la libido congelada, pero eso le daba igual.

Jesse. Volvió a estremecerse. Luc se maldijo. Era como si el hielo que lo había rodeado estuviese empezando a fundirse.

Y entonces su mirada se clavó en una cabeza entre la multitud. En un pelo corto y rubio. Unos hombros desnudos. Un vestido.

Jesse. No era un fantasma. Estaba allí. Con un vestido nuevo y una copa de champán en la mano. Estaba sola y parecía tan vulnerable como la primera vez que la había visto.

Luc no pudo evitar fijarse en su espalda desnuda, en el escote. En el modo en que la seda se pegaba a sus curvas.

Y de repente notó cómo la ira que llevaba dentro intentaba salir al exterior. Y en ese momento supo lo que quería y lo que necesitaba.

Venganza.

Como si Jesse hubiese sentido su mirada, se giró

y lo vio. Abrió mucho los ojos y Luc notó cómo su libido revivía.

Venganza. E iba a ser muy dulce.

Luc. Allí mismo, en ese salón. Jesse notó un cosquilleo en el estómago y empezó a ver a la gente borrosa. Lo único que veía con claridad era el rostro duro y serio de Luc.

Se sintió débil y notó cómo crecía en ella una emoción incontrolable.

Lo vio acercarse y se quedó inmóvil. Cuando lo tuvo al alcance de la mano, la cerró con fuerza para no alargarla hacia él. Los nudillos de la otra estaban blancos de la fuerza con la que estaba agarrando la copa de champán.

En ese momento una mujer se acercó a él y lo agarró del brazo. Y el hechizo del momento se rompió y Jesse parpadeó. Era una mujer joven y muy guapa, con una larga melena castaña y vestida con un traje largo y algo más recatado que los demás.

La mujer miró a Jesse de una manera extraña, ni educada ni grosera. Parecía la mirada de un niño. Jesse se dio cuenta de que Luc había agarrado del brazo a la mujer, como para protegerla.

–Llevas el pelo demasiado corto.

Jesse miró a la mujer confundida, y entonces Luc intervino.

–Eva esta es... una conocida. Jesse Moriarty –dijo, mirando mal a esta–. Esta es mi hermana... Eva Sanchis.

«Una conocida». Aquello dolió tanto a Jesse que evitó mirar a Luc a los ojos.

–Encantada de conocerte –le dijo a Eva con la voz llena de emoción.

Eva sonrió.

–Yo también me alegro. Y siento... lo de tu pelo.

Jesse no pudo evitar sonreír. No sabía si la otra mujer sentía haber sido tan directa o que ella tuviese el pelo tan corto. El caso es que ella se lo tocó y comentó:

–Me lo voy a dejar crecer... Estoy de acuerdo contigo, lo llevo demasiado corto. Tú tienes un pelo precioso.

Eva sonrió y miró a su hermano.

–Le gusta mi pelo.

Él le sonrió indulgentemente, pero Jesse se dio cuenta de que seguía tenso.

–Es que tienes un pelo precioso, Eva. De hecho, creo que es el pelo más bonito de todo el salón.

Eva no podía estar más orgullosa y Jesse se sintió vulnerable. Desnuda. Se arrepintió de haberse querido poner ese vestido tan atrevido, de haber querido explorar esa parte oculta de su naturaleza... y odió que Luc estuviese allí para presenciarlo.

Pensó en todas las mujeres con las que lo habían fotografiado en los dos últimos meses y puso la espalda recta. Lo miró sin verlo en realidad, miró también a su hermana y dijo:

–Encantada de conocerte, lo siento, pero tengo que ir a hablar con unas personas antes de que se marchen...

Y sin esperar a que le respondiesen, se dio la media vuelta y huyó.

Luc juró entre dientes al verla alejarse. Su hermana se sorprendió al oírlo hablar así y él apartó la mirada de Jesse para mirar a Eva. Sintió amor y ganas de protegerla y dejó que esos sentimientos le sirviesen de antídoto contra otros sentimientos, mucho más oscuros, que acababa de tener.

–Es simpática. Me gusta –comentó Eva–. Y es guapa, pero tiene que dejarse el pelo largo.

Luc sonrió al oír aquel resumen de su encuentro con Jesse y deseó que las cosas pudiesen ser tan sencillas. Volvió a buscarla con la mirada, pero no la encontró, y entonces tomó una decisión.

No había terminado con ella. Ni mucho menos.

# Capítulo 10

CUANDO Jesse volvió a casa se quitó los zapatos y fue de un lado a otro por el suelo de madera. Le había aterrado la idea de no poder escapar sin volver a ver a Luc. No estaba segura de por qué había sentido tanto miedo, pero había visto algo cruel en su expresión.

En esos momentos estaba nerviosa y con unas ridículas energías. Tigger estaba hecho un ovillo en el sillón y se limitó a levantar la cabeza un instante para maullar y volver a dormirse.

Ella se abrazó. Lo cierto era que, al ver a Luc, había tenido que controlarse para no echar a correr y lanzarse a sus brazos. Y habría deseado que él la abrazase también.

Había sentido celos al verlo mirar a su hermana de manera tan cariñosa, pero los había disimulado bien.

Se acercó al ventanal y apoyó la frente en el cristal. Tenía Londres a sus pies.

Después de ver a Luc esa noche se había dado cuenta de algo que había estado intentando negar desde que se había marchado de la isla.

Estaba enamorada de él. Completa e irrevocablemente enamorada de él. Por eso había huido...

Llamaron a la puerta y Jesse se sobresaltó. Tigger se puso de pie y miró hacia la puerta, como si hubiese sentido algo. O a alguien.

Jesse se acercó a la puerta y preguntó:

–¿Quién es?

–Sabes muy bien quién soy. Abre.

Jesse retrocedió y se mordió el labio.

–No creo que sea buena idea, Luc.

–Yo creo que lo que no es buena idea es que tenga que romper la puerta para entrar.

Jesse se estremeció. Sintió calor, se puso tensa. ¿Qué estaba haciendo Luc allí?

A regañadientes, quitó el cerrojo y abrió.

Allí estaba Luc, con las manos apoyadas a ambos lados de la puerta. Se había deshecho el nudo de la pajarita y se había desabrochado los primeros botones de la camisa. Llevaba la chaqueta abierta. Parecía peligroso, furioso. Y Jesse nunca lo había visto tan sexy.

–Maldita seas, Jesse Moriarty. Tenía la esperanza de no volver a verte jamás.

Jesse levantó la barbilla e intentó que no se le notase lo mucho que le dolían esas palabras. Antes de que se diese cuenta, Luc había entrado, había cerrado la puerta de una patada y la estaba abrazando. De repente, Jesse se olvidó de todo. Luc estaba allí y su manera de comportarse le decía que lo que había ocurrido en la isla, lo físico al menos, había sido real. Y eso era embriagador.

Lo abrazó por el cuello con fuerza y sus bocas se fundieron juntas. Ni siquiera era un beso, solo la unión de unos labios hambrientos de contacto.

Jesse notó su mano en la nuca y sintió que necesitaba aire, pero no dijo nada.

De repente, Luc se apartó. Y Jesse se dio cuenta de que la estaba levantando en el aire.

–Maldita seas –repitió él antes de preguntarle–: ¿Dónde está tu habitación?

Jesse estaba aturdida, no podía pensar. Solo podía sentir los brazos de Luc a su alrededor, su pecho apretándola. Quería aquello. Lo necesitaba. Amaba a Luc.

–Detrás de mí...

Luc fue al dormitorio, la dejó en el suelo y empezó a quitarse la chaqueta y la camisa.

Ella se quedó hipnotizada con su pecho, fascinada otra vez con su belleza.

–Quítate el vestido.

Fue una orden. Jesse miró a Luc e intentó descifrar su expresión, pero no pudo. Su mirada era inexpresiva. Allí pasaba algo, pero ella no sabía el qué y no conseguía hacer que su cerebro funcionase.

Se desabrochó el vestido, pero se lo sujetó con ambas manos para que no se le bajase.

–Quítatelo –volvió a ordenarle Luc.

Y ella bajó las manos y el vestido cayó hasta su cintura. Notó cómo se le hinchaban y endurecían los pechos bajo la mirada de Luc. Lo vio sonrojarse.

Él se estaba desabrochando el cinturón. Luego llegó el turno de los pantalones y en unos segundos estaba desnudo. Y excitado.

Se arrodilló a los pies de Jesse y le bajó las braguitas.

Ella notó sus manos en los muslos, notó cómo se los separaba. Se tambaleó, pero mantuvo el equilibrio mientras Luc la acariciaba con la boca.

Jesse gimió, echó la cabeza hacia atrás mientras Luc devoraba sus partes más íntimas. Ella tenía las manos en su cabeza, se estaba agarrando a su pelo. Luc la agarró por el trasero y la apretó contra él.

Jesse no podía más. La sensación de placer era insoportable y le temblaban las piernas. Luc apartó la boca de ella y la ayudó a tumbarse en la alfombra que había a los pies de la cama.

Lo vio buscar en los bolsillos del pantalón y sacar un pequeño sobre plateado que abrió con los dientes. Lo vio sacar el preservativo y ponérselo. Y entonces volvió a ella, le agarró las manos y se las sujetó encima de la cabeza. Jesse tenía el vestido todo arrugado a la altura de la cintura.

Estaba tan excitada que levantó las caderas y le rogó:

–Luc...

–Sí –dijo él–. Di otra vez mi nombre.

–Luc...

Y entonces la penetró con fuerza, haciéndola gemir. Empezó a moverse en su interior y la hizo temblar. La hizo sentirse salvaje. Aquella era una unión casi animal. Y entonces Jesse volvió a disfrutar de un orgasmo que todavía recordaba, pero aquel fue todavía más intenso, más fuerte. Los movimientos de Luc se volvieron frenéticos y poco después llegaba al clímax también.

Durante unos segundos, se quedó encima de ella, sin soltarle las manos, y luego por fin la dejó. Ella alargó las manos para acariciarle la cintura, pero Luc se apartó.

Se levantó y fue al cuarto de baño. Jesse se sintió desprotegida, allí tumbada en el suelo con el vestido arrugado. Se tapó con él y se sentó a los pies de la cama. Estaba aturdida.

Entonces salió Luc del baño, completamente desnudo, seguro de sí mismo. Y sin mirarla empezó a recoger su ropa.

Jesse se dio cuenta de que algo iba mal, y preguntó con cautela:

–¿Adónde vas?

Jesse le habló con suavidad, pero para Luc fue como pasarse papel de lija por la piel. Se maldijo. Había perdido el control en cuanto le había abierto la puerta y la había visto. Y se había olvidado de todas sus buenas intenciones de mantenerse frío y controlar la situación. Había necesitado tenerla. Así que la había hecho suya en el suelo de la habitación, como un animal. Una vez más, Jesse le había demostrado el poder que tenía sobre él.

–¿Luc...?

Él apretó la mandíbula y terminó de abrocharse la camisa. Tomó la pajarita y la chaqueta y se giró a mirarla.

–¿Sí?

La vio flaquear y la deseó todavía más. Pensó en su hermana y en la naturalidad con la que Jesse la había tratado.

–¿Qué quieres, Jesse? –le preguntó con brusquedad.

Ella se levantó sujetándose el vestido. Se sentía demasiado vulnerable. Luc estaba actuando como si fuese un extraño.

–Solo... Te marchas...

–Sí –respondió él–. No he venido a charlar, Jesse. He venido a otra cosa.

–A por sexo.

Él se encogió de hombros.

–Sí. Aunque no solo sexo.

Jesse luchó por mantener la dignidad a pesar de sentirse humillada.

–¿Qué más?

Luc se acercó y pasó un dedo por su mandíbula, la miró a los ojos.

–Venganza, Jesse. ¿No pensarías que ibas a marcharte sin pagar por lo que hiciste, verdad?

–¿De qué estás hablando? –preguntó ella, haciendo un esfuerzo porque tenía una presión en el pecho que no la dejaba ni hablar.

–Estoy hablando de hacer justicia. Tú trastocaste el curso de mi vida y me estropeaste unos planes en los que llevaba años trabajando.

–Pero ya sabes por qué lo hice –le recordó ella.

–Sí... y tú también sabes cuáles eran mis motivos, pero te dieron igual y me dejaste en la isla.

Jesse apartó la vista, se sentía culpable.

–Siento haberte dejado en la isla así... pero no podía confiar en ti.

Luc la agarró de la barbilla para obligarla a mirarlo otra vez.

–¿Confiar en mí? Nadie habló de confianza. La confianza habría implicado que había una relación entre ambos.

A Jesse se le encogió el corazón al oír aquello. Se sintió furiosa con Luc, por ser tan frío y distante. Tan cruel.

Se zafó de él y apoyó un dedo en su pecho.

–Tú me sedujiste para manipularme y que te dejase salir de la isla.

Él sonrió con frialdad.

–Tal vez te seduje, Jesse, pero no me costó mucho esfuerzo...

Luc se dio la vuelta y salió de la habitación, pero ella lo siguió.

–Es verdad lo que dicen de esa pobre mujer a la que arruinaste, ¿verdad? No te conformaste con arruinar su vida profesional, te aseguraste de que caía en una depresión solo porque tuvo las agallas de intentar marcarte un tanto.

Luc se quedó inmóvil y Jesse estuvo a punto de chocar contra su espalda. Él se giró y ella retrocedió.

–No sabes nada de esa mujer ni de lo que ocurrió –le dijo Luc con frialdad.

Jesse ignoró las voces que le advertían que se callase y continuó:

–Dime... ¿qué tienes pensado para mí, Luc? ¿Un destino fatal por haberme atrevido a cruzarme en tu camino?

Luc se acercó a ella de manera amenazadora y Jesse retrocedió hasta dar contra la pared. Él tiró del vestido y se lo bajó. Jesse gritó, pero no de miedo, sino de excitación. Intentó sujetarse el vestido, pero Luc no se lo permitió. Le apartó las manos y luego le acarició los pechos. Jesse contuvo un gemido de placer.

–Lo que tengo pensado para ti, Jesse, es que seas mi acompañante pública, mi amante... como quieras llamarlo, hasta que acabemos con este desagradable deseo que nos consume a ambos y yo esté satisfecho. Voy a disfrutar mucho trastocando tu vida todo lo que pueda.

Jesse consiguió apartarle las manos de sus pechos y subirse el vestido.

–No. Lo de esta noche ha sido un error y no volverá a suceder. No puedo creer que pudiese pensar que eras diferente. Que eras...

Luc se echó a reír.

–¿El qué, Jesse? ¿El loco enamorado de la isla? Eres tan ingenua que casi me enterneces...

Ella se agachó para pasar por debajo de su brazo y se alejó de él. Le estaban entrando ganas de ponerse a llorar, o de hacer cualquier otra cosa igual de patética.

–Entonces es cierto, fue todo falso, ¿no? Fingiste desearme para intentar escapar –espetó.

–¿Qué querías, Jesse? Tenía que utilizar lo único de lo que disponía: la química que había entre los dos.

Ella se sintió aturdida, dolida.

–Tenía que haberte dejado allí solo nada más llegar –le dijo.

Él se acercó, pasó un dedo por su rostro y sonrió.

–Entonces te habrías perdido toda la diversión.

Jesse retrocedió.

–Vete de aquí, Sanchis.

Entonces oyó un maullido y vio a Tigger a los pies de Luc. Contuvo la respiración. Luc se agachó, tomó al gatito y lo acarició. Eso le hizo pensar en el desenfrenado sexo que acababan de tener.

Se abrochó el vestido y alargó los brazos.

–Dámelo.

Luc tardó unos segundos en mirarla y tirarle el animal a los brazos.

–Creo que tiene hambre –dijo en tono duro.

Luego fue hasta la puerta, donde se detuvo y la miró.

–Seguiremos en contacto, Jesse.

Abrió la puerta y se marchó.

Por un momento, cuando le había dado a Tigger, Jesse había creído ver en él al hombre que había conocido en la isla, pero seguro que había sido producto de su imaginación.

Luc se sentó en la parte trasera de su coche y miró sin ver por la ventanilla. Se movió y al tomar aire aspiró el aroma de Jesse. Y su cuerpo respondió al instante, endureciéndose.

Frunció el ceño y le pidió al conductor que subiese el cristal de seguridad. Estaba furioso. Al ver al gatito entre sus pies, mirándolo, había estado a punto de ablandarse.

Pero no lo había hecho, no podía hacerlo. La isla había sido un sueño. Jesse había planeado desde el principio dejarlo allí y no había cambiado de opinión ni siquiera cuando él le había contado su vida. Se sentía humillado, pero la deseaba e iba a ser suya. Ya no iba a intentar seducirla más, no era necesario. Ambos sabían lo que había.

Luc supo que no se había sentido tan despiadado ni siquiera con Maria, no lo había sido. Y eso que ella solo lo había seducido con vistas a conseguir información para su verdadero amante. Gracias a ella, había perdido un contrato de un millón de euros.

Y cuando Maria había vuelto a los brazos de su verdadero amante se lo había encontrado con otra mujer. Por eso había intentado quitarse la vida, no por él.

Sacudió la cabeza para intentar sacarse de ella esos recuerdos. No le había costado mucho trabajo alejarse de Maria después de que esta lo traicionase, pero con Jesse... La veía y no podía evitar querer poseerla.

Y la tendría. La tendría y en esa ocasión sería él quien pondría las condiciones. La dejaría cuando se hubiese saciado y entonces quedaría libre de ella y de los fantasmas que ocupaban sus sueños todas las noches.

Al día siguiente, Jesse estaba hablando por teléfono con sus colegas de Silicon Valley, en California, cuando se dio cuenta de que había un cierto revuelo fuera de su despacho.

Miró por la ventana que daba al pasillo y estuvo a punto de dejar caer el aparato al ver llegar a Luc con una enorme caja envuelta en un gran lazo rosa en las manos. Georgia, su secretaria, iba corriendo tras de él, intentando evitar que entrase en su despacho.

Luc abrió la puerta y entró, sonriente, pero Jesse se dio cuenta de la frialdad que había en sus ojos. Nada había cambiado.

–Lo siento, pero me ha surgido algo y voy a tener que posponer esta llamada –dijo por teléfono.

Colgó y se levantó para acercarse a la puerta.

–Lo siento, Jesse... –balbució Georgia.

–No pasa nada. Yo me ocuparé –la interrumpió ella.

Cerró la puerta y se volvió hacia Luc, que estaba mirando su despacho con interés. Jesse supo que había muchas personas pendientes de ellos y se arrepintió de haber insistido en que hubiese ventanas en todos los despachos.

Volvió a su escritorio y se sentó para intentar restablecer su autoridad a pesar de saber que no la tenía con aquel hombre. Él se acercó y dejó la caja encima de la mesa.

–Teniendo en cuenta lo generosa que fuiste al comprarme ropa para la isla, he decidido devolverte el favor.

–¿Qué es? –preguntó ella, mirando la caja como si fuese a explotar.

–Averígualo –respondió él, retrocediendo.

Jesse notó calor en las mejillas y miró a su alrededor. Todo el mundo volvió al trabajo. Estaba segura de que Luc había escogido algo que fuese lo más humillante posible.

–No puedes venir aquí así. Estoy ocupada. Y has interrumpido una llamada importante.

Luc arqueó una ceja.

–¿Como el día que apareciste tú en mi despacho y me obligaste a escucharte?

Jesse se ruborizó todavía más. Luc seguía con su plan de venganza.

–Si esta es la única manera de deshacerme de ti –le dijo mientras deshacía el lazo.

Lo primero que vio fue un papel dorado, tiró de él y encontró un vestido. Sin tirantes y corto, el tipo de vestido que había envidiado al ver a otras mujeres con él.

–Yo no me pongo este tipo de ropa. No va conmigo –le dijo, sintiéndose terriblemente vulnerable.

–Pues estoy deseando verte con un él, así que te lo vas a poner esta noche para acompañarme a la inauguración de una galería de arte.

Antes de que a Jesse le diese tiempo a responder, Luc se sentó en el borde de la mesa y añadió:

–Sigue buscando. Hay más.

Y a Jesse se le encogió un instante el corazón. ¿Y si las cosas fuesen de otra manera...? ¿Y si lo que había sucedido entre ambos en la isla hubiese sido real...?

Siguió buscando en la caja y encontró un sujetador de encaje sin tirantes. Con el rostro ardiendo, volvió a meterlo en la caja.

Se levantó y Luc la sorprendió agarrándola y dándole un beso.

Pero no fue como el beso desesperado de la noche anterior. Fue un beso lento e intenso, casi tierno, y Jesse tuvo que agarrarse a la mesa porque se le doblaron las piernas. Luc le pasó la lengua por los labios y ella suspiró y los abrió.

Y entonces, con la misma rapidez, él se apartó y se puso recto, dejándola echada hacia delante. Jesse volvió a realidad y lo fulminó con la mirada.

Luc se echó a reír.

–No te pongas así. No sé si sabes que le estoy haciendo un favor a tu reputación. Dicen que eres fría, pero nosotros sabemos que no es verdad, ¿eh?

Y antes de que le diese tiempo a explotar, Luc le había dado otro beso y se había marchado dejando tras de sí un reguero de susurros y miradas. Ella se sentó y metió el vestido otra vez en la caja antes de dejar esta en el suelo.

Volvió a notar que la emoción crecía en su interior e intentó contenerla. Quería decirle a Luc que no iba a acompañarlo esa noche, pero estaba segura de que, si lo hacía, él se presentaría en su casa, le pondría el vestido... y solo de pensar en ello sintió calor en el vientre.

Tenía que admitir que ella misma había creado a aquel monstruo al secuestrarlo. Y lo único que podía hacer por el momento era seguirle la corriente. Estaba segura de que con tantas bellezas esperándolo, pronto se cansaría de ella. Ya lidiaría entonces con los efectos colaterales, lejos de la mirada burlona de Luc.

Esa noche, Luc llamó a la puerta de Jesse con impaciencia y sintió algo parecido al pánico al ver que no le abría inmediatamente. Si intentaba...

La puerta se abrió y apareció en albornoz, con Tigger en brazos. Le dio al gato y le dijo:

–No veas la que ha liado en la cocina mientras yo estaba en el trabajo. Llevo una hora limpiando. Estaré lista en diez minutos.

Y desapareció.

Luc entró en el piso con Tigger. Aquella situación era tan distinta a las que estaba acostumbrado que tardó unos segundos en centrarse. Estaba acostumbrado a que las mujeres lo recibiesen vestidas para impresionarlo, peinadas y perfumadas.

Se sentó en un sillón y Tigger se hizo un ovillo en su regazo. Luc se dio cuenta de que lo había echado de menos.

Estudió la decoración espartana del piso. Era como si Jesse acabase de mudarse, pero él sabía que llevaba años allí. Encajaba con la mujer que había ido a verlo a su despacho el primer día.

Se la imaginó volviendo a casa ese día, sentándose allí y dándole vueltas a la cabeza para ver qué podía hacer para arruinar a su padre, y cómo impedir que él se interpusiese en su camino...

Pensó en ella así... sola, luchando... y algo se ablandó en su pecho. Entonces oyó un ruido y levantó la vista. Y se quedó sin respiración.

Jesse estaba en la otra punta del salón, evidentemente nerviosa, pero él solo pudo ver sus piernas largas y esbeltas con los tacones que le había regalado junto al vestido. Un vestido que, además, realzaba sus pechos y los hacía parecer más generosos.

La piel le brillaba como una lustrosa perla de color champán y Luc se puso tenso al pensar en las pecas que solo se veían de cerca. Dejó a Tigger con cuidado y se levantó. No tenía palabras y eso no era normal en él.

Jesse se sentía como una niña que estuviese jugando a disfrazarse. Vio que Luc la miraba como si fuese un bicho raro y se dio la media vuelta para ir a cambiarse.

–Te dije que no me iba a sentar bien. Este tipo de ropa no...

Notó que la hacía girar y dio un grito ahogado. Ni siquiera lo había oído seguirla. Le acababa de agarrar el rostro y la estaba mirando con deseo.

–Estás preciosa... perfecta. Y me gusta lo que te has hecho en el pelo...

Jesse se ruborizó y levantó una mano, avergonzada. Se lo estaba dejando crecer y se había puesto una horquilla para sujetarse el flequillo y que no se le cayese en los ojos.

–Me la iba a quitar. No puedo salir así...

Luc le sujetó la mano.

–Te queda bien. Déjala. Es sexy.

A ella le costó respirar. Entonces oyó un maullido a sus pies y vio a Tigger. Fue un momento curiosamente íntimo. Se agachó a por él y lo llevó a la cocina, donde lo metió en su caja.

Cuando volvió al lado de Luc el momento había pasado y este volvía a estar serio.

Le tendió la mano y ella se la dio. El gesto le pareció tan cercano que tropezó.

Una vez en el ascensor, Luc la miró y comentó:

–No estás acostumbrada a llevar tacones, ¿verdad?

Ella negó con la cabeza y se alegró de que Luc pensase que eran los zapatos los que la desequilibraban.

En la parte trasera de su coche, de camino a la cena, Jesse no pudo evitar decir:

–Has estado muy ocupado desde...

Se interrumpió de repente.

–¿Desde mi secuestro en la isla?

–Solo quería decir que has... salido mucho...

–¿Con muchas mujeres? –inquirió él.

Jesse se ruborizó.

Él alargó una mano y pasó un dedo por su hombro desnudo.

–¿Estás celosa, Jesse?

–No seas ridículo –replicó ella.

Pero lo estaba. Le dolía tanto que hubiese estado con otras mujeres que se encogió contra la puerta del coche y se alejó de él a pesar de saber que no debía estar celosa porque aquel no era el Luc del que ella se había enamorado...

# Capítulo 11

LUC deseó hacerla suya allí mismo y en ese momento, pero apartó la vista de ella y la maldijo por tener semejante efecto en él.

Un rato después, en la galería, la buscó con la mirada. No sabía dónde estaba y estaba acostumbrado a que las mujeres se le pegasen como una lapa en cualquier situación social, pero Jesse se había interesado por los cuadros nada más llegar y se había puesto a recorrer la exposición sola.

La encontró en la sala de al lado, guardando la tarjeta de crédito.

–¿Has comprado algo? –le preguntó él sorprendido.

–El cuadro grande de los juncos en el canal y un par de ellos más pequeños –respondió con los ojos brillantes.

–Tu apartamento está un poco vacío... ¿Por qué, Jesse?

Ella tardó en responder.

–Porque durante mucho tiempo solo he pensado en una cosa.

Luc se arrepintió de haberle hecho aquella pregunta porque notó que se le encogía el corazón.

Cuando volvieron al coche Jesse se quitó inmediatamente las sandalias de tacón y suspiró aliviada. Aparte del dolor de pies estaba contenta porque se había tomado un par de copas de vino. Tenía que admitir que lo había pasado bien, a pesar de las tensiones. Se giró para decírselo a Luc, pero cerró la boca antes de hacerlo al verlo con la vista clavada en la ventanilla y el gesto duro, implacable.

Deseó alargar la mano y tocarle el rostro, y sin pensarlo se arrodilló a su lado en el asiento. Él se giró y la miró. Jesse le tocó la barbilla. Él la agarró de las caderas y la sentó en su regazo.

Jesse notó su erección y sintió calor y humedad entre las piernas. Se besaron apasionadamente y Jesse le desabrochó la camisa, deseando sentir su piel. Luc le estaba bajando el vestido para dejar uno de sus pechos al descubierto...

Casi ni lo oyó hablar brevemente con el conductor. Luego notó su boca en el pecho y se sintió desesperada por tenerlo dentro.

Luc se desabrochó el pantalón y ella le acarició la erección. Luc se puso tenso de deseo y le apartó la mano para penetrarla. Jesse empezó a moverse encima de él y ambos llegaron al clímax en cuestión de minutos.

Luego se dejó caer encima de él y notó cómo Luc la abrazaba. No pudo evitar ponerse a llorar.

Se sentía cada vez más desprotegida, más vulnerable. Se apartó de Luc y se bajó el vestido. Se sentía barata. Casi no podía creer que el coche siguiese en marcha.

–¿Adónde vamos?

–Te llevo a tu casa –respondió él en tono seco.

Hicieron el resto del camino en silencio y cuando llegaron a su edificio, Luc le dijo:

–Se ha terminado, Jesse. No volveremos a vernos.

Ella se quedó mirándolo en silencio y un torbellino de emociones fue creciendo en su interior. Pena. Ira. Dolor. Alargó la mano y le dio una bofetada, pero él ni se inmutó.

–Eres un cerdo –le dijo con voz temblorosa.

–Vete, Jesse. Márchate.

Y ella salió del coche y dio un portazo, pero no se marchó. Quería ver cómo se alejaba él.

La puerta se abrió. Luc le tendió las sandalias.

–Quédatelas.

Él las dejó caer al suelo y cerró la puerta. El coche se alejó y ella se quedó allí descalza, con el corazón hecho añicos.

Mientras el coche se alejaba, Luc solo pudo sentir dolor. Cerró los ojos y la vio.

Volvió a abrirlos. Había querido vengarse y solo había conseguido poner en peligro el equilibrio que había en su vida.

No la quería en ella. Era así de sencillo. Necesitaba sentir que tenía el control de la situación y con Jesse Moriarty cerca no lo tenía.

Mientras el coche atravesaba Londres, pensó que su vida iba a volver a la normalidad e ignoró el dolor que sentía en el pecho.

*Dos semanas después*

Luc se sentó en el borde de la cama de su apartamento de Nueva York, desde donde se veía todo Manhattan. Normalmente aquellas vistas le daban energía, pero hacía dos semanas que no las tenía. Estaba entumecido, era como si algo hubiese muerto en su interior cuando se había alejado de Jesse aquella noche.

Se pasaba el día pensando en ella, soñaba con ella. Creía verla en todas partes...

Se levantó y se dio cuenta de que había dejado toda la noche la televisión encendida, pero sin voz. Iba a pagarla cuando vio a Jesse, que intentaba salir de su edificio entre la multitud, con solo un guardia de seguridad para ayudarla, parecía muy pequeña y vulnerable.

Luc salió de repente de su aturdimiento y lo entendió. Su corazón se partió en dos al darse cuenta de que había cometido el mayor error de su vida.

Jesse intentó que el terror no la paralizase. Hacía dos días que la prensa hacía guardia delante de su casa, desde que se habían enterado de que era la hija de JP O'Brien, y no se iba a marchar.

Su teléfono sonó y ella descolgó automáticamente:

–No, no me interesa dar una...

–Jesse... soy yo.

Ella tardó un segundo en reaccionar. Entonces, se echó a reír.

–Dime, ¿no tenías a quien torturar y se te ocurrió esto para entretenerte? ¡Mantente alejado de mí, Sanchis! –le gritó.

Colgó el teléfono y unos minutos después oyó la señal que le avisaba de que había recibido un correo electrónico y se dispuso a leerlo.

Lo primero que vio fue: *Jesse, sigue leyendo, por favor.*

Tigger se había subido a la mesa y ella se lo colocó en el regazo y se puso a leer. Luc le decía que no había sido él quien había filtrado a la prensa la información de que era la hija de O'Brien, que estaba en Nueva York y que pasaría a ver si estaba bien en cuanto volviese a Londres. También le explicaba lo que había ocurrido unos años antes con su examante.

Al terminar de leerlo, Jesse pensó que Luc solo había escrito aquello porque se sentía culpable. Y, tal vez, también porque sentía lástima de ella.

Le entró pánico solo de imaginárselo en su puerta, pidiéndole que le abriera y amenazándola con echarla abajo si no lo hacía. Todavía estaba muy dolida por cómo la había echado de su coche y de su vida.

Le respondió: *No vuelvas a escribirme. Ni te acerques a mi casa. Déjame en paz o llamaré a la policía.*

Dos días después, Jesse agradeció tener que ir a Oslo en viaje de negocios y poder escapar del asedio de la prensa y, sobre todo, de Luc Sanchis, en el que no podía dejar de pensar.

No se había presentado en su casa y Jesse se odiaba a sí misma por sentirse tan decepcionada. Se puso cómoda en el jet privado que le había enviado la empresa noruega con la que iba a reunirse y disfrutó de su soledad. Se apartó un mechón de pelo de la frente y se dijo que estaba contenta con el cambio físico que estaba experimentando. Aunque odiase que aquella metamorfosis tuviese que ver más con Luc que con su propio deseo por cambiar.

Una vez en el aire encendió el ordenador y tardó un buen rato en darse cuenta de que allí pasaba algo raro. El azafato no había ido a ofrecerle nada, y todavía no estaban descendiendo a pesar de que a esas alturas ya debían estar en Noruega.

Se levantó de su asiento y llamó a la puerta de la cabina, donde tenían que estar el azafato y el piloto, pero nadie respondió. Jesse volvió a su asiento sudando.

Cuando por fin aterrizó el avión y el azafato salió de la cabina, Jesse estaba furiosa. Se levantó y fue hacia la puerta abierta del avión y se encontró con el mismo paisaje idílico con el que se había encontrado Luc Sanchis unos meses antes.

Lo vio al lado del todoterreno, con las manos en los bolsillos de los vaqueros y con un polo de manga corta, con gafas de sol.

Hacía más calor que la anterior vez que habían estado allí y el verano no estaba lejos.

–¡No pienso bajar del avión, Sanchis! –exclamó, cruzándose de brazos.

Luc se quitó las gafas de sol y fue hacia el avión. Ella se sentó de nuevo y se abrochó el cinturón de seguridad.

Oyó cómo Luc subía las escaleras de metal y no tardó en aparecer en la puerta.

–¿Cuántas veces tengo que decirte que no me llames Sanchis?

–No voy a bajar, Luc –le dijo. Luego se dirigió al azafato–: Este hombre me está secuestrando.

–Es justo, señorita Moriarty, usted también lo secuestró a él.

Jesse palideció al darse cuenta de que era el mismo al que ella había contratado para drogar a Luc aquel día.

Este parecía muy seguro de sí mismo, se acercó, le desabrochó el cinturón y se la echó al hombro como si fuese un saco de patatas.

El azafato bajó las pertenencias de Jesse del avión y Luc le dijo:

–Gracias, Steven. Llamaré a tu jefe cuando quiera que volváis a recogernos, dentro de unos días.

Jesse lo golpeó en la espalda.

–¡Para ya! ¡Bájame!

Pero no sirvió de nada, unos segundos después oía rugir el motor del avión. Luc la dejó en el todoterreno, le abrochó el cinturón y fue a sentarse detrás del volante.

Ella lo miró indignada y Luc sonrió.

–Tengo que admitir que esto me está resultado mucho más grato de lo que esperaba.

Y luego arrancó el coche para dirigirse a la casa. Iban de camino cuando Jesse oyó un ruido en la parte trasera del coche y descubrió a Tigger en una cesta. Miró a Luc.

–Pero... ¿cómo?

Luc no respondió, aparcó el coche delante de la casa, se quitó el cinturón y bajó. Sacó la cesta de Tigger y luego fue a abrirle la puerta a Jesse, que bajó del coche antes de que él la tocase.

–¿Y qué pasa con mis reuniones en Oslo? –le preguntó ella entonces.

–Me he tomado la libertad de contratar a un hacker para que envíe correos desde tu cuenta posponiendo todas tus reuniones –le explicó, haciéndole después un gesto para que entrase en la casa–. No hace falta que te la enseñe. Ya la conoces.

Luego se dirigió hacia la cocina. Jesse lo siguió con los puños cerrados, todavía sorprendida con la situación.

–Luc...

Él dejó la cesta de Tigger en el suelo y lo sacó. Luego se acercó a los fogones, donde había algo en el fuego.

–He preparado pasta para comer. Supongo que tendrás hambre y sé que te pones muy cascarrabias si no comes bien.

Jesse lo miro fijamente y notó cómo la emoción crecía en su interior.

–Luc, ¿qué estás haciendo? –le preguntó.

Él no respondió, la sentó en una silla y le sirvió una copa de vino.

–Tú... relájate, Jesse. Comeremos y después hablaremos, ¿de acuerdo?

Jesse se quedó observándolo y unos minutos después Luc le sirvió un delicioso plato de *penne* con salsa de tomate.

Y luego comieron en silencio. Cuando terminaron, ella recogió los platos. De repente, tuvo que agarrarse al fregadero porque la sensación de *déjà-vu* la pilló desprevenida e hizo que se tambalease.

Luc no tardó en aparecer a su lado para sujetarla.

–¿Qué te pasa?

Ella retrocedió.

–¿Es una broma de mal gusto, Luc? ¿Quieres ser el último en reír porque has conseguido secuestrarme?

–No, no es una broma, Jesse –le aseguró él–. Nunca he hecho nada tan en serio en toda mi vida.

–Para ya... –le espetó ella–. Me estás haciendo pensar que...

No pudo terminar. Salió corriendo de la cocina para ocultar sus emociones a Luc.

Pero este la siguió al salón, hasta el sofá en el que le había hecho el amor por primera vez.

–¿Qué te estoy haciendo pensar, Jesse?

–¿Qué estamos haciendo aquí, Luc? –le preguntó ella–. ¿Por qué haces esto? ¿Todavía quieres castigarme más?

–Jesse, si pudiese retroceder en el tiempo cambiaría la última noche que pasamos juntos, lo que hice y lo que dije. Me comporté de manera cruel y cobarde. Y te he traído aquí porque va a ser donde termine lo nuestro... si es que tiene que terminar.

–Pensé que ya había terminado –dijo ella.

–La primera noche que nos vimos, hace más de un año, estabas en aquella recepción porque también estaba tu padre, ¿verdad?

Jesse asintió.

–Era la primera vez que lo veía desde que era niña. Y fui porque tenía que saber a qué me enfrentaba.

Luc se pasó la mano por el pelo.

–Lo nuestro empezó aquella noche, Jesse. Es una ironía que ambos quisiésemos lo mismo, pero que estuviésemos tan acostumbrados a confiar solo en nosotros mismos que ni siquiera se nos ocurriese esa opción.

Jesse hizo una mueca.

–Yo no quería que nadie supiese que era su hija, ni el motivo por el que quería destruirlo.

Luc estaba sacudiendo la cabeza.

–El día que te marchaste y me dejaste aquí... Intenté idear la manera de torturarte cuando volviese a verte. Y cuando me enteré de que O'Brien estaba arruinado por fin, después de tantos años queriendo vengar a mi padre, me di cuenta de que esa había dejado de ser mi prioridad desde el momento en que tú me habías secuestrado. De repente, me hiciste olvidar todo y eso fue lo que me enfadó. Me enfadó que me doliese tanto que no pudieses confiar en mí.

Luc continuó antes de que a Jesse le diese tiempo a intervenir.

–Así que lo que hice fue cerrarme por completo. Salí con una mujer distinta cada noche y fingí no haberte conocido nunca, pero empecé a volverme loco. Y entonces te vi en aquella cena... Y me dije que quería vengarme por lo que me habías hecho. Pero en realidad quería vengarme por lo que me hacías sentir.

Jesse tuvo que sentarse. Le temblaban las piernas. Luc tomó una silla y se sentó a su lado.

Ella casi no podía ni respirar, pero tenía que decir algo.

–Me dijiste que no había confianza entre ambos porque no había relación.

–Quería hacerte daño por no haber confiado en mí, pero no era verdad...

Jesse se levantó de la silla y Luc la imitó.

–Quería creer en ti y quería creer en lo que había ocurrido aquí entre nosotros... pero estaba asustada. Me daba miedo que me dejases en cuanto te liberase...

–No lo habría hecho, Jesse –le aseguró él–. Sé que he sido cínico y desconfiado... Hasta que te conocí. Tú me has cambiado la vida y yo pensaba que no quería que lo hicieras. Que no lo necesitaba. Y entonces te vi en la televisión y pensé que estabas sola... que podía ocurrirte algo... Y no lo soporté.

Respiró hondo.

–Te quiero. No sabes cuánto te quiero. Quiero que empecemos de cero, aquí y ahora. Quiero volver a seducirte y te advierto que jugaré sucio si te resistes.

–¿Y cómo empezamos? –le preguntó ella.

Luc le tendió la mano.

–Soy Luc...

Jesse no esperó. Saltó sobre él, abrazándolo por el cuello y con las piernas, por la cintura.

–Hola, soy Jesse –le dijo con lágrimas en los ojos.

Luc sonrió de manera muy sexy.

–Te veo un poco ansiosa, pero creo que me gusta.

Jesse se puso seria de repente. Lo agarró del rostro y le dio un beso en los labios. Luego se apartó.

–Me aterra admitirlo, pero yo también te quiero, Luc Sanchis. Me parece que te quiero más que a mi vida.

–¿Solo te lo parece? No es suficiente. Creo que voy a tener que convencerte...

Jesse lo besó en el cuello mientras él salía del salón y subía las escaleras.

–Intenta convencerme, Sanchis. A ver si lo consigues.

–Ya te tengo, Moriarty –respondió él–. Y no voy a dejarte escapar.

Jesse lo miró mientras la tumbaba en la cama.

–¿Es una promesa, Sanchis? –le preguntó.

–Sí –respondió él mientras empezaba a desnudarse y la desnudaba a ella–. ¿Y cuántas veces tengo que decirte que no me llames así?

Luego se tumbó sobre ella y Jesse lo abrazó.

–Jesse Sanchis... suena bien ... –comentó Luc.

Ella se quedó inmóvil. Lo miró y se sintió aturdida.

–También vas a tener que convencerme de eso.

*Un año después*

Luc apoyó la espalda en el respaldo de su sillón y se estiró. Estaba anocheciendo en Londres. Se miró el reloj y se levantó. Tomó la chaqueta y salió de su despacho para bajar dos pisos en el ascensor.

Al salir de este vio el cartel brillante que rezaba: *JMS Games Ltd. Jesse Moriarty Sanchis*. Aunque ya todo el mundo la llamase Jesse Sanchis.

Jesse había reestructurado su empresa el año anterior y la había llevado al mismo edificio en el que estaba la de él.

También habían vendido sus pisos de solteros y se habían comprado una casa con un enorme jardín en Richmond.

Luc se detuvo en la puerta del despacho de Jesse

y sonrió. Ya casi tenía el pelo hasta los hombros y lo llevaba recogido en un moño suelto. Estaba sentada en el suelo con las piernas cruzadas, rodeada de adolescentes a los que les estaba hablando entusiasmada de un juego.

Sintió su presencia y levantó la vista. Los chicos empezaron a recoger sus cosas y Jesse le tendió las manos a Luc para que la ayudase a levantarse.

Él apoyó una mano en su vientre. Estaba embarazada de siete meses.

Luego la agarró de la mano y la sacó del despacho.

Una vez en el coche, Jesse se hizo un ovillo a su lado.

–¿Estás bien? –le preguntó Luc.

Jesse sabía a qué se refería. Habían mandado a la cárcel a su padre el día anterior, quince años de condena, en parte gracias a ella.

–Me alegro de que todo se haya terminado, pero también estoy triste... porque he perdido algo que jamás tuve. Y también estoy triste por tu padre y por tu madre.

Luc le dio un beso en los labios.

–No quiero verte triste.

Jesse sonrió a su marido y sintió cómo el bebé le daba patadas en el vientre. Tomó la mano de Luc y se la puso en él para que lo notase también.

No, ya no tenía que estar triste.